COLLECTION FOLIO

Pierre Raufast

La variante chilienne

Gallimard

Né en 1973 à Marseille, Pierre Raufast est diplômé de l'École des mines (Nancy). Ingénieur, il vit et travaille à Clermont-Ferrand. Son premier roman, *La fractale des raviolis* (« Talent à découvrir Cultura » 2014), a remporté un vif succès public. Son deuxième roman, *La variante chilienne*, est publié en 2015. *La baleine thébaïde* est son troisième roman.

À Natacha, Nellie, Lisa et tous nos petits cailloux

« J'ai plus de souvenirs que si j'avais mille ans. »

Charles BAUDELAIRE

« Et quand la pleine lune fut levée, Hänsel prit sa sœur par la main et il suivit les petits cailloux qui brillaient comme des pièces d'argent toutes neuves et leur montraient la route. »

Jacob GRIMM, *Hänsel et Gretel*

LE DÉPART

Tout commença par une grande frayeur.

Sur la route, un gendarme me fit signe de me garer. Il était jeune et transpirait abondamment sous le soleil de midi. Il me demanda mes papiers tout en jetant un coup d'œil à l'arrière du véhicule. Ébloui par la clarté, il ne devina pas, cachée par une couverture sur la banquette, la présence d'une adolescente. Je comptais la cloîtrer pendant les deux mois d'été.

En revanche, il vit ma nervosité. Je dus couper le moteur, sortir du véhicule et ouvrir le coffre.

— Vous avez de gros sacs.

— Je pars en vacances.

— Pour combien de temps ?

— Deux mois.

Son sourcil droit se leva.

— Je suis enseignant, dis-je comme pour m'excuser.

Un large sourire se dessina sur son visage jusqu'alors fermé.

— Quelle chance vous avez ! Mon père est professeur de musique à Melun. Tout le temps en vacances… Quelle matière enseignez-vous ?

— Disons, la littérature. Les idées. Dans mon enfance, j'ai surtout lu des œuvres du XIXe. Voilà trente ans que je suis dans le métier. Je survis avec des gamins nés au XXIe siècle, du genre à confondre Russell Crowe et Bertrand Russell !

Son sourire se figea. Je devinai son embarras. C'était un adepte de *Gladiator* plutôt que des *Principia mathematica*. Il ne pensait visiblement pas à Nabokov, ni ne suspectait quelque analogie entre ma fuite et celle du Pr Humbert Humbert avec sa Lolita.

J'ai cinquante-sept ans et j'ai beaucoup lu. Sa gêne me permit de reprendre le dessus.

— Mes sacs sont remplis de livres. Homère. Rabelais. Montaigne. Vous voulez les voir ?

— Inutile, répondit-il, tout était en règle.

Il me souhaita bonne route d'un signe de la main. Heureusement. Comment expliquer la présence dans mes bagages de soutiens-gorge et de petites robes fluides ?

J'attendis tout de même de voir sa silhouette disparaître dans le rétroviseur. Puis je poussai un profond soupir.

Sous sa couverture, Margaux se manifesta.

— On a eu chaud…

— Incroyable ! C'est la première fois de ma vie

qu'on me contrôle sur la route. Il faut que cela tombe maintenant...

— Je suffoque. Je peux sortir ?

— Non, reste là-dessous. Nous arrivons dans une heure.

— C'est pas drôle, me lança-t-elle, mutine.

J'avais loué une maison à Saint-Just-sur-Harmac, un lieu-dit perdu dans la vallée de Chantebrie, à six kilomètres d'un village de cinq cents âmes dont le nom importe peu. Un gîte rénové donnant sur un champ en friche où l'on ne pouvait guère s'aventurer par peur des vipères.

Au moment de prendre les clefs, la propriétaire m'expliqua en long et en large qu'il y avait cinq maisons à Saint-Just-sur-Harmac. Pendant qu'elle parlait, je notai l'incongruité de son tablier qui recouvrait deux obus dignes de la Grande Guerre. Il était orné d'un sapin, bizarrement nanti de poires.

Elle parlait avec volubilité. Comme ça, par hygiène.

Je ne retins que l'essentiel.

Sur la gauche en arrivant, deux vieilles bâtisses étaient abandonnées depuis 1946, date de la fermeture des maisons closes en France. Difficile à croire, mais cet endroit avait été le bordel de campagne des paysans du coin avant la guerre. Il fut maquillé sous l'Occupation afin d'éviter que les soldats allemands ne souillent le patrimoine national. Je ne pus m'empêcher, dès le surlendemain, de franchir le barbelé rouillé pour en inspecter l'intérieur. Je n'y trouvai que des mangeoires : les salles ressemblaient plus à des étables qu'à des lieux de plaisir.

Un peu plus loin sur la droite, la villégiature d'un couple d'octogénaires qui ne venait plus depuis de nombreuses années. La femme aux obus m'expliqua à voix basse que cette maison leur rappelait de trop mauvais souvenirs. Là étaient mortes leurs deux petites-filles jumelles. Un moment d'inattention et elles s'étaient noyées dans la mare. Le grand-père fit assécher la mare mais ne put se résoudre à vendre la maison où il avait grandi. Elle resta vide. Le neveu de je-ne-sais-plus-qui, au village, était censé l'entretenir une fois par mois. Il y emmenait à l'occasion les Marie-couche-toi-là qu'il séduisait au bal. Je me promis de ne jamais raconter cette histoire à Margaux.

Enfin, encore plus loin sur la gauche, à une dizaine de mètres plus bas de ma location, se trouvait la maison d'un retraité. Il sortait peu, descendait de temps en temps au village acheter le journal.

Cette information me fit tiquer. La propriétaire dut s'en apercevoir et me rassura promptement :

— C'est un vrai sauvage ! Il ne parle à personne. Il ne vous dérangera pas, je vous le garantis.

Vaguement inquiet, je pris les clefs et remontai dans la voiture pour parcourir les six derniers kilomètres. Arrivé sur place, je fis le tour du gîte, j'observai la maison en contrebas : personne. Je cognai deux fois sur la lunette arrière selon le signal convenu. Margaux bondit de la voiture et courut se mettre à l'abri. Une fois entrée dans la maison, elle prit le temps de refaire sa queue-de-cheval. Je la regardai à travers la vitre en souriant. Si j'avais eu une fille, j'aurais aimé qu'elle lui ressemble. Discrète, idéaliste, intelligente. Brune, les cheveux tirés en arrière, un grand front, les yeux marron. Elle dépassait à peine le mètre soixante, quelques rondeurs, une mâchoire saillante. À dix-sept ans, elle n'était pas d'une beauté tapageuse. Ni vilaine d'ailleurs. Margaux ne faisait d'efforts ni dans un sens ni dans l'autre. Je ne l'avais jamais vue maquillée. Elle avait bien le temps pour ce jeu-là.

Je débarrassai le coffre et portai les sacs à l'intérieur. Margaux m'accueillit, tout excitée, bondissant comme une gazelle.

— Je prends la chambre d'en haut à gauche ! Tu veux bien, dis ?

— Laisse-moi jeter un œil. Il faut que personne ne puisse te voir.

— Il y a des rideaux à la fenêtre et un double lit ! Je n'ai jamais dormi dans un double lit ! S'il te plaît, dis oui !

Je montai à l'étage. Spacieuse, recouverte de lambris en bois clair, la chambre disposait d'un grand lit, d'une table et d'une armoire en chêne sans doute plus vieille que moi. Les toilettes et la salle de bains étaient au même étage. Une fenêtre donnait sur le champ (celui des vipères). Aucun vis-à-vis. Des rideaux intérieurs et des volets permettaient de s'isoler tout à fait.

— Parfait, je prendrai la chambre de droite.

Elle pouvait rester ici tout l'été, à lire, à écrire, à travailler. Personne ne soupçonnerait sa présence.

Dimanche 15 juillet

Petit carnet, je viens d'avoir mon bac avec mention bien. Je devrais être satisfaite, mais je n'y arrive pas. D'ailleurs, serai-je un jour contente de moi ? Ai-je le gène du bonheur ? J'en doute.

Même si mon père ne m'a rien reproché, je sais que mon douze en philo l'a déçu. Si j'avais pu récupérer ma copie, je lui aurais montré. Peut-être aurait-il consacré un peu de temps pour la relire et nous en aurions discuté. Ensemble. L'argumentaire un peu léger, les citations trop abondantes et trop de références. Mais je n'ai jamais eu le temps avec lui. Mardi, quand je lui ai annoncé la nouvelle, il m'a à peine félicitée. « C'est bien, ma fille », *puis il est retourné devant son écran.*

Je sais que tout cela est ma faute.

Je sais qu'il ne me pardonnera jamais.

Je sais qu'il attend que je parte de cette maison.

Mais que puis-je faire ? Cela ne changera rien.

Je continue à lire. À chercher. J'ai lu des dizaines de livres sans me trouver.

Récemment, j'ai cru déceler en Eugène Onéguine ce même vague à l'âme. Cet ennui pour la civilisation, les gens, l'agitation. Mais Pouchkine évoque cette mélancolie comme la suite d'une jeunesse turbulente. Eugène est blasé de l'amour, de la vie et de ses plaisirs. Je ne suis jamais passée par cette case-là. J'ai le mal du siècle depuis mon enfance. Depuis mes six ans. Je désespère.

Hier, je suis arrivée à la campagne avec Pascal. Je sens que nous allons faire une cure de lecture : côté livres, il est encore pire que moi ! Sa vie est un gigantesque patchwork de ses lectures. Impossible pour lui de lever le petit doigt sans ressusciter des mots et des phrases. Sa culture fait écran entre lui et le monde réel.

J'espère que ce séjour en sa compagnie me fera du bien. Il a été très gentil avec moi : il m'a laissé la chambre la plus grande. J'ai dormi dans un lit double. C'était super (même si je suis restée toute la nuit blottie sur le côté droit par habitude et parce que le côté gauche était tout froid).

Je l'ai appelé à l'aide. Il est allé voir mon père. Je ne sais pas ce qu'il lui a raconté pour justifier nos vacances ensemble. De toute façon, mon père n'a pas dû se faire prier longtemps. Il n'a qu'une envie : rester seul pour préparer sa compétition.

Par prudence, nous avons décidé que je ne sortirais pas. Attendons de voir. Cela ne me dérange pas, j'ai de quoi tenir : des livres, des feuilles blanches, des crayons, mon ordinateur. J'espère que cette vilaine histoire va bientôt se terminer et qu'à la rentrée je pourrai entrer à la fac comme prévu.

Texte (prophétique ?) écrit hier soir :

« Les heures qui s'égrènent,
Ce bruit du temps qui passe.
La tiédeur me rend blême,
La quiétude me lasse.
Tout cela me ramène,
Au doute et à l'angoisse.
Ma vacuité est extrême,
Et mon passé de glace.
Tout finira quand même,
Tout est déjà en place. »

LES FUMEURS DE PIPE

Le gîte était idéalement orienté. Côté nord, le champ en friche. Côté sud, une vaste terrasse au soleil. Dans l'axe, en contrebas, la maison en pierre du voisin, parfaite pour le paysage.

Je travaillai tout le lendemain sur la terrasse. S'y trouvait une belle table en bois exotique, suffisamment grande pour étaler mes livres. Je comptais écrire une série d'articles sur la modernité des Anciens. En commençant par Homère. C'était une pige – à titre gracieux, en fait – pour un ami qui lançait une revue littéraire. J'aime ces défis : j'aime voir se matérialiser progressivement une pensée inédite, la quintessence de deux mille ans d'écriture. Un plaisir solitaire. Le seul qui m'aille.

Margaux vaquait à ses occupations. Elle passa cette première journée à décorer sa chambre. Elle dévalisa le salon, emportant les coussins, inversa ses rideaux avec les miens et trafiqua les draps. Elle monta le rocking-chair, descendit un vieil abat-jour et orchestra mille petits changements imperceptibles pour toute personne de sexe masculin.

Ainsi fila notre première journée.

La dame au tablier étrange avait raison : mon voisin ignora mon arrivée. Je n'observai ce jour-là aucun signe de sa présence.

Après avoir dîné avec Margaux dans la cuisine, je sortis sur le perron vers neuf heures du soir. La fraîcheur était enfin là. Je me sentais bien, d'humeur à bourrer ma Dublin courbe. Je pris mon gris et j'allumai ma bouffarde. Adosser au mur en pierre encore tiède, j'admirai la vue magnifique tout en tétant. Le soleil au loin jouait sur les montagnes.

C'est alors que je le vis en contrebas.

Assis sur un banc de pierre, contre le mur, il avait belle allure. Je remarquai qu'il fumait la pipe. Mais, de là où j'étais, je ne pus en distinguer davantage. Dommage. J'aime bien savoir quel type de pipe fume un homme. Comme ça, pour savoir. Une demi-heure plus tard, je rentrai me coucher.

Le lendemain, après une journée passée à comparer les mérites d'une traduction de l'*Odyssée* en alexandrins blancs avec une autre en vers libres, je m'accordai un moment de repos. Je le revis alors, assis sur son banc, son brûle-gueule à la main. Je me dis que, bon, il devait profiter comme moi de la quiétude du moment. Difficile de voir à quoi le bonhomme ressemblait. Il me donnait l'impression d'être grand. À l'occasion, j'irai le saluer. Plus pour paraître normal que par intérêt. On se dirait ce que l'on a à se dire et chacun rentrerait chez soi. L'affaire de quelques minutes.

Mais pas ce soir-ci.

Ni les soirées suivantes.

En vérité, je crois que j'attendais que ma barbe pousse un peu. L'été je mets ma peau en jachère, je la laisse se reposer. Au bout d'une semaine, ma barbe a poussé. Alors, je suis content. Au bout d'un mois, de grosses boucles blanches se forment. Là, je suis tout à fait heureux. Mes talents de philosophe décuplent. Je suis le Samson de la barbe blanche. À la rentrée des classes, je me rase. Je redeviens le professeur fatigué qui tourne la meule du savoir.

Au bout de la première semaine, je me dis : « Si tu n'y vas pas ce soir, tu n'iras jamais de toutes les vacances. Ta barbe a suffisamment poussé maintenant. »

Vers dix-neuf heures, je l'abordai comme il le faut entre gens du même âge.

— Je me suis décidé à venir vous voir car vous fumez la pipe.

Il tira une bouffée, se leva et serra la main que je lui présentais.

— Je suis votre nouveau voisin. Pour les vacances. J'ai loué.

Il était plus grand que moi, devait avoir passé la soixantaine depuis peu. Svelte, avec une chevelure encore drue pour son âge, blanc-blond ou blond-blanc, en fonction de l'éclairage. Menton et épaules carrés, nez cassé : tout cela attestait une vie bien remplie. Il avait les yeux vairons : l'un noisette, l'autre légèrement vert. Cela me perturba. Lorsqu'il planta son regard dans le mien, je reçus comme une décharge électrique. Ce gars-là dégageait quelque chose de métallique. Il ressemblait à un militaire à la retraite, du style qui ne plaisante pas.

— Je m'appelle Pascal.

— Florin, enchanté, répondit-il.

— Florin ? Comme son beau-frère.

— Je vous demande pardon ?

— Le beau-frère de Pascal s'appelait Florin... Je veux dire, Pascal, Blaise Pascal, pas moi... Le philosophe.

Un petit rire nerveux trahit ma gêne. Quelque chose chez lui m'intimidait.

Il me regarda quelques secondes, sans indulgence. Puis, dit catégorique :

— Blaise Pascal était un con.

C'était péremptoire. De quoi troubler l'érudit barbu que j'étais.

— Pourquoi dites-vous cela ?

— Blaise Pascal ne fumait pas la pipe, ne buvait

pas, ne jouait pas, ne baisait pas. C'était un con. Un con de janséniste triste.

Si cet homme pensait vraiment ça, il s'agissait d'un idiot fini. J'eus un doute. Était-il sérieux ou plaisantait-il ?

Certaines personnes sondent leur interlocuteur d'un trait abrupt. C'est un bon moyen de savoir à qui on a à faire. Un étalonnage par l'esprit.

Je me dis qu'un fumeur de pipe ne pouvait pas être un idiot fini. Je répondis par un calembour.

— Pascal ne buvait pas, certes. Il faut dire que personne ne lui mettait la pression.

L'homme ne réagit pas. Puis un large sourire se dessina sur son visage. Il me regarda satisfait et dit sur le ton de l'évidence :

— Très bon. C'est l'heure de l'apéritif, venez…

Ce grand type, d'instinct, je l'aurais accompagné au bout du monde.

Il se dirigea vers sa maison. Je le suivis deux pas derrière. En chemin, il se pencha pour ramasser un caillou qu'il mit dans la poche avant droite, de son pantalon de velours. Sur le moment, je n'y prêtai pas attention.

Sa maison était typique de la région. De jolis murs en pierre, épais, pour conserver la fraîcheur. Des poutres apparentes. Du solide. On entrait par une cuisine qui donnait immédiatement sur la droite dans un grand salon meublé d'une table ronde rustique, d'un escalier en colimaçon et, sur le mur du fond, d'une longue cheminée. Devant, un gros fauteuil de lecture permettait de bénéficier de la chaleur de l'âtre et du spectacle du mur adjacent : à l'abri d'une vitrine, des étagères en bois étaient remplies de pipes. Deux cents ? Trois cents ? Jamais de ma vie je n'en avais vu autant. Il y en avait de toutes les formes et de tous les bois. Le mur en était recouvert. Chaque bouffarde était joliment posée sur un support translucide.

Je ne suis qu'un modeste fumeur de pipe. Il y a belle lurette, ma fiancée m'en offrait une à chaque anniversaire, jusqu'à ce qu'elle comprenne que fumer est un plaisir solitaire, incompatible avec les babillages. Vexée, elle m'acheta des pulls.

J'ai cinq pipes chez moi. Mais, dans les faits, je n'en tète régulièrement que deux. Une Dublin courbe et la pipe droite de mes débuts. Toutes deux en bruyère.

Devant mon admiration muette, il se rapprocha.

— Vous avez devant vous quelques variétés de pipes venues des quatre coins du monde. Il en manque pourtant : dans une enchère à Sydney, j'ai raté une pipe faite dans l'os d'un cachalot blanc, une vraie splendeur. Le marchand en demandait trop.

— Vous les fumez toutes ?

— Bien sûr que non. Certaines sont décoratives, comme celle en frêne, là-haut : ce bois donne mauvais goût aux cendres. Je n'aime pas trop les pipes dures, celles en écume, les blanches, là, celles en terre, en porcelaine. Pas pour moi. Pourtant, c'était à la mode au siècle dernier.

— Ça fait une sacrée collection.

— Oui. Il y en a deux cent soixante-dix-sept. J'ai conservé deux pipes de maïs, achetées dans le Missouri. De temps en temps, la nostalgie me pousse à les reprendre. Un peu comme des vieilles maîtresses, vous savez…

Je répondis que oui, même si je n'ai jamais eu de maîtresse. Ni d'épouse. Mais pour avoir lu tout Isaac Bashevis Singer, je le compris parfaitement.

— Pour l'ensemble, vous retrouverez là du classique. Tenez, par exemple : voici des pipes de bruyère de toutes les formes possibles : Apple, Apple bent, Author, Bee, Billiard, Billiard bent, Blowfish, Brandy, Bullcap, Bulldog, Bullnose, Calabash, Canadian, Cavalier, Cherrywood, Chimney, Churchwarden, Cutty, Don et Duke, Dublin, Egg, Foursquare, Hawkbill, Horn, Liverpool, Lovat, Lumberman, Oom Paul, Panelledbilliard, Pear-Acorn, Pickaxe, Poker, Pot, Prince, Ramses, Rat-Taupe, Rhodesian, Stubby, Ukele, Volcano, Yacht, Zulu. Facile, elles sont rangées par ordre alphabétique.

Après un bref silence, il s'excusa d'une telle rigueur dans le classement.

— C'était une lubie d'Emma : vouloir les

classer de A à Z. Moi, ça ne me convenait pas. Mais elle a insisté. Vous savez, les femmes, quand elles veulent quelque chose… Quand elle est partie, je n'ai pas voulu ou je n'ai pas eu le courage de tout changer. J'ai juste retiré les lettres du support : ça faisait vraiment trop scolaire.

— Je comprends.

— Dans cette partie-là, les bois sont plus originaux. En voici une en cerisier, c'est sympa, ça change : la chambre bien culottée, la fumée assez légère. Celle-ci est en pommier, tenez, soupesez-la, elle ne pèse rien.

Je la soupesai. Effectivement, elle n'était pas bien lourde.

— On dirait qu'elle a bruni, là…

— C'est l'inconvénient du pommier. Ça brunit. Sinon, les trois ici sont en olivier. Superbe. La délicatesse de leur goût surpasse la bruyère. Mais, il ne faut pas en abuser, car ce petit goût d'huile d'olive, charmant au début, devient lassant à la longue.

Il passa de la sorte en revue toute sa collection. Un autre aurait rendu l'affaire soporifique, lui non : il avait la passion contagieuse. Même s'il ne souriait pas, quelque chose en lui rayonnait. J'accueillais la présentation de chaque nouveau modèle par un hochement de tête. Que l'esprit humain ait pu inventer autant de variantes et de raffinements me rend optimiste. Les efforts inouïs de l'homme pour son agrément compensent ceux qu'il fait pour se détruire.

J'avais envie d'essayer toutes les pipes. Comme s'il l'avait deviné, il sortit la suivante de la vitrine et me la tendit.

— Tenez, celle-ci en loupe d'érable. Je vous la prête. Vous me direz ce que vous en pensez.

Je me souvins alors de ma première bouffarde. J'étais étudiant à Normale Sup et mon colocataire m'avait demandé, un soir :

— Qu'est-ce qui fait neuf millimètres ?

— Un flingue !

— Non ! répliqua-t-il satisfait, de son petit effet, sortant de son sac un objet longiforme emballé dans un papier de soie blanc.

— Ça ressemblait pourtant vraiment à un flingue. Une pipe allemande avec filtre antigoudron et antinicotine ! Totalement inoffensive ! Regarde !

Nous la fumâmes à tour de rôle avec du Kentucky Bird. Drôle d'initiation, mais j'en garde un bon souvenir. Ironie du sort, il mourut d'un cancer des testicules quelques années plus tard. Comme quoi, il aurait pu se passer du filtre.

— Avec tout ça, le choix devient impossible, non ?

Florin me regarda, placide.

— Le choix ! Vivre, c'est choisir. La seule

réponse pertinente est : « Ça dépend. » Ça dépend du temps qu'il fait, du tabac que j'ai, de l'humeur dans laquelle je suis, de mes lectures, de mes amours, de ce que je fais. Ce soir, j'avais prévu une Liverpool en bruyère d'Italie avec du Virginia (mélangé avec un peu de Burley tout de même) pour un instant contemplatif... Puis vous êtes arrivé. Non, non, vous ne m'avez pas dérangé... Demain, pour méditer je choisirai un autre mélange. C'est comme ça. Il ne faut pas chercher à comprendre. L'alchimie entre le tabac, le bois et les humeurs nous dépasse. C'est subtil, et nous ne visons pas assez haut.

J'acquiesçai, pensif, quand il changea de ton.

— Bon. Et cet apéritif? Un rouge ?

— Un rouge.

— Vous êtes né quand ?

— En 1955.

— Excellent millésime pour les bordeaux. Je vais voir à la cave s'il me reste une bouteille de 55.

Je restai là, perplexe.

Il remonta, une bouteille en main.

— Il ne reste rien de valable en 1955, mais j'ai un saint-estèphe 2007 qui fera l'affaire.

Il remarqua mon air surpris.

— C'était une plaisanterie ! Ça marche à tous les coups. Avouez que cela vous a bluffé ! Vous y avez cru, à la cave royale, hein ?

— En effet. Surtout après votre collection de

pipes. Je pensais que vous aviez l'équivalent en bas.

— Désolé, ma cave est très modeste. Le vin, je le bois. C'est dans mes globules qu'il se conserve le mieux.

Nous bûmes le premier verre en silence, debout dans le salon.

— Il aurait mérité d'être carafé. Il est un peu raide.

— Par contre, il est à la bonne température.

— Oui, la température est bonne. Mais il aurait mérité d'être carafé.

Il se leva, redescendit et revint avec deux autres bouteilles identiques qu'il déboucha.

— Comme ça, celles-ci seront aérées, le temps qu'on finisse la première.

— Vous comptez boire les trois ?

Il regarda le ciel.

— Nous ne sommes pas pressés. On va s'installer dehors, devant. J'ai du fromage et du tabac. De quoi tenir toute la nuit.

Je pensai à Margaux, seule à la maison. Elle devait se demander ce que je fabriquais.

Nous dressâmes un bout de table côté sud. Devant nous, une piscine remplie à mi-hauteur de terre ressemblait étrangement à un potager. Des tomates, quelques salades et des plantes que je n'arrivais pas à identifier. Des courgettes ? Des aubergines ?

— Drôle de piscine, dis-je.

— C'est toute une histoire. Je vous la raconterai à l'occasion.

Nous bûmes en échangeant quelques vérités premières sur le monde. Les fumeurs de pipe ne sont pas de grands bavards. Leur attention se concentre sur le fourneau : il faut veiller à tirer régulièrement pour ne pas qu'il s'éteigne. À choisir entre l'interlocuteur et la bouffarde, ils choisissent souvent la bouffarde. De toute façon, que dire de plus ?

Vers deux heures du matin, nous eûmes fini les trois bouteilles. Franchement vaseux, je décidai de rentrer chez moi retrouver Margaux. Il m'accompagna. Nous traversions le champ qui séparait nos deux maisons, quand je remarquai un phénomène bizarre.

— C'est quoi, ces trucs qui brillent ?

— Des vers luisants.

— Des vers luisants ?

— Espèce de citadin, tu ne reconnais pas des vers luisants ?

— Si, si.

Je me mis à quatre pattes. Pour être honnête, je crois que c'était la première fois de ma vie que j'en voyais. Mais l'alcool m'empêchait de discerner quoi que ce soit et je me redressai péniblement.

— Pourquoi il brille, le vers ?

— Il paraît que c'est un truc sexuel pour attirer la femelle. Il brille, elle le voit dans le noir, il se la tape. C'est sa ruse à lui… Son appeau.

— Et si moi je ne voulais pas qu'il se la tape, hein ? criai-je presque.

Il dodelina de la tête quelques secondes, puis répondit sur le même ton :

— Tu as raison, mon pote. On n'est pas là pour que ces putains de vers luisants se tapent plein de femelles alors que nous on a que dalle ici !

— Sus aux vers luisants !

— Tiens, regarde : je vais lui faire peur.

À genoux devant la bestiole, il se mit à frapper dans ses mains.

— Putain, il a même pas peur.

— C'est que tu ne tapes pas assez fort. Laisse-moi faire…

— Laisse tomber, il est sourd. Attends, regarde, je vais leur souffler à la gueule.

— Doivent pas avoir de nez non plus. T'as une haleine de cachalot et ils ne sentent rien. Regarde, il brille comme en 14.

Florin se redressa subitement, se déboutonna et s'exclama :

— Sortons l'artillerie, soldat ! Tu vas voir s'il ne va pas s'éteindre ce petit con !

Et il urina sur le ver luisant.

Celui-ci s'éteignit aussitôt. Réaction chimique ? Empoisonnement ? Peur ? Allez savoir.

— Ça marche. Vite, aide-moi…

Je sortis mon engin. Nous pissâmes de concert.

— Tiens ! Prends ça !

— Tu brilles moins maintenant, hein ? Va-t'en trouver ta blonde après ça !

Quand nous eûmes fini de vider notre vessie, nous nous regardâmes, satisfaits.

— Qu'est-ce qu'on leur a mis…

— Ouais. Mais il en reste plein, regarde.

Une bonne vingtaine de points jaunes phosphorescents brillaient dans le champ.

— T'as pas d'autres bouteilles ?

— Bouge pas, Blaise.

Il revint quasi instantanément avec trois autres bouteilles. Un magicien.

Nous pissâmes autant que nous bûmes.

Quand nous avions fini de pisser, nous buvions.

Et quand nous avions fini de boire, nous pissions.

Tous les vers luisants y passèrent.

Je crois même que nous achevâmes les derniers en leur versant du pomerol sur la gueule. Que Circé me transforme en porc si les vignes ne poussent pas ici même à la belle saison.

Je ne me souviens plus du reste.

Un hululement me réveilla. J'étais allongé dans l'herbe. J'avais froid. Florin était couché à quelques mètres de moi. J'entendais sa puissante respiration. Il n'était pas mort. Une dizaine de bouteilles vides jonchaient le terrain. Impossible que nous ayons tout bu...

Je regagnai péniblement la maison. Ma tête tournait encore. J'engloutis au moins un litre d'eau et je me rendormis.

Ainsi se déroula ma première rencontre avec l'homme qui ramassait des cailloux.

Ainsi naissent les amitiés.

L'HOMME QUI RAMASSAIT DES CAILLOUX

Le lendemain, je n'écrivis rien de bon. Impossible de me concentrer. À croire que la perfide Dalila avait rasé ma barbe blanche pendant mon sommeil. Au diable les Philistins et le vin rouge. J'avais mal au dos, la bouche pâteuse et le réflexe lent. Bref, une gueule de bois en séquoia. Margaux, dans son large pyjama blanc, me taquina toute la matinée. Elle m'avait vu partir chez Florin et ne s'était pas inquiétée. Couchée tôt, elle ne m'avait pas entendu rentrer. Condamnée à la réclusion, elle avait commencé le *Dit du Genji*, le roman fondateur de la littérature japonaise. Ce qui exige une lecture attentive. Margaux adorait lire. Toutes sortes de livres.

J'entendis au loin les cloches sonner onze heures. Prendre l'air me ferait du bien. Je mis ma casquette et sortis. La lumière me fit cligner des yeux, ce qui ne m'empêcha pas de distinguer Florin en train de chercher quelque chose dans le champs où je l'avais laissé la nuit dernière. Il s'était changé et arborait une mine bien plus fraîche que la mienne. Je m'approchai, le pas lourd.

— Bonjour, Florin. Pas trop dur ce matin ?

— J'ai connu pire, dit-il, le regard planté dans le sol.

— Tu as perdu quelque chose ?

Il se redressa et me sourit.

— Ne t'inquiète pas. Je choisis mon caillou pour la nuit dernière.

Mon esprit étant embué, je mis quelques secondes à comprendre que je ne comprenais pas. « Choisir mon caillou » ?

— C'est-à-dire ?

— J'ai bien rigolé cette nuit et j'aimerais m'en souvenir, c'est tout, dit-il d'un ton neutre, comme s'il s'agissait d'une évidence.

Il me fallait d'urgence un café noir.

— Je suis désolé, je ne te suis pas. Tu cherches quoi ? Une pierre précieuse ? une améthyste ?

C'était à peu près la seule pierre de collection que je pouvais citer. Ma marraine m'en avait offert une quand j'avais sept ans. Tout fier, je l'avais apportée à ma maîtresse qui l'avait fait circuler dans la classe. Un certain Mathieu la fit tomber et elle se brisa en mille morceaux. J'étais effondré. Le soir, ma mère me fit une scène effroyable, comme si c'était ma faute. Finalement, je ne sais pas pourquoi je citais spontanément l'améthyste, en fait je déteste cette pierre.

Il prit un caillou quelconque, le soupesa, passa son index plusieurs fois sur sa surface en fermant les yeux puis, satisfait, le rangea dans sa poche. Il fit un pas dans ma direction.

— Ah, c'est une sale affaire. Si tu as du temps à perdre, tu peux venir bourrer ta pipe chez moi. Je te raconterai.

Du temps, j'en avais. En passant devant le portail, je vis le nom de sa maison, peint sur une ardoise : *La Hire.*

— Drôle de nom. Ça me rappelle celui du valet de cœur, aux cartes...

— C'est ça.

— Et pourquoi ce nom pour ta maison ?

En guise de réponse, il se fendit d'un sourire énigmatique.

— Chaque chose en son temps.

Nous nous installâmes sur la terrasse de devant. Le modeste parasol ne cachait pas la vue sur la piscine-potager. Une poignée de lézards se doraient sur les parois d'un blanc éclatant. Je remarquai une immense fissure qui zébrait tout un côté. Je me promis de lui redemander plus tard l'origine de cet insolite potager. Il apporta une cafetière, deux tasses en porcelaine, posa sa blague à tabac en vieux cuir et m'invita d'un geste de la main à me servir. Il bourra une belle pipe à fourneau rond (certainement une Ramses) et lentement commença son récit.

À l'âge de treize ans, à la suite d'un accident rocambolesque (nous en reparlerons plus tard), Florin passa dix jours dans le coma. Les médecins diagnostiquèrent un traumatisme crânien et des lésions irréversibles dans l'hémisphère cérébral droit. Il dut subir toute une batterie de tests qui rassurèrent ses parents : il n'avait perdu aucune faculté intellectuelle, motrice ou verbale. Par contre, sa capacité à ressentir les émotions avait été profondément altérée. La peur, la joie, le dégoût, la tristesse, la colère – tout ce qui fait le sel de la vie – devinrent des émotions fantômes.

Au début, cela ne le gêna pas. Il traversa l'épopée de l'adolescence avec une facilité déconcertante, sans être entravé comme ses camarades par la culpabilité, la peur, la honte ou ce furieux désir de conformisme qui anéantit toute personnalité. Les adultes qui ne connaissaient pas son problème (c'est-à-dire tout le monde, à part ses parents et son médecin) le prenaient pour un jeune homme courageux, calme, doté d'une maturité incroyable pour son âge. Il n'y eut jamais chez lui de ces réactions démesurées, entre futiles guérillas antiparentales et cris d'enthousiasmes superlatifs. Il voguait sur la vie par mer d'huile, insensible à l'hystérie des cours de récréation.

Mais si les adultes le considéraient avec bienveillance (enfin un jeune homme bien élevé), les autres élèves s'en méfiaient. Incapable d'avoir des relations normales avec ses pareils, il restait seul pratiquement toute la journée.

Ce côté ténébreux et solitaire intrigua un temps les filles de sa classe. Mais, une fois crédité du bénéfice de l'apparence, les choses se gâtaient. Florin ne savait pas comment s'y prendre pour paraître normal : il percevait confusément le décalage éléphantesque entre ses réactions et les aspirations des demoiselles. Comment aurait-il pu comprendre – lui qui ne ressentait strictement rien – une jeune fille en pleine mutation hormonale, sujette à un permanent arc-en-ciel d'émotions ? Les rares filles qui s'intéressèrent à lui finirent par *laisser tomber ce taré* au bout de quelques jours. De fil en aiguille, de ragots en petits secrets, il acquit rapidement une réputation de mec pas clair.

Lors de la dissection d'un cœur de bœuf en cours de biologie, il fut le seul à plonger ses deux mains dans la tripaille sans sourciller, avec la même application que pour résoudre un exercice de trigonométrie. Les petits cris de dégoût des filles et les rires lourds des garçons cessèrent. Seul résonna le bruit flasque des mains ensanglantées de Florin broyant la chair avec un bruit de ventouses. Il s'interrompit et découvrit que toute la classe le regardait, effarée. Il n'avait fait qu'obéir au professeur, pourquoi tant de révulsion ?

À partir de ce jour-là, il fut définitivement catalogué dans la rubrique des psychopathes. À côté de Jack l'Éventreur et du Dr Petiot.

Bien que dépourvu d'émotions, Florin regrettait de ne pas ressembler aux autres, de ne pas pouvoir s'asseoir avec eux à la récréation pour jouer aux cartes. Car il aimait jouer.

Désœuvré, il commença à fréquenter la bibliothèque de l'école. La gardienne du temple, une femme sans âge, avait été l'amante du professeur d'histoire-géo des terminales (celui-là même que l'on retrouva pendu dans la chaufferie du lycée après la signature du traité de Moscou en 1970). Elle restait sans doute la seule qui continuait machinalement à sourire au garçon, abrutie par une dose massive d'antidépresseurs.

Florin s'installait sur une chaise et lisait son livre. À la fin de la récréation, il marquait la page avec un trombone et le remettait en rayon, certain de le retrouver quelques heures plus tard.

Ne sachant quel livre choisir, il fit les choses avec méthode. Commença par la lettre A, comme Aragon, puis B, comme Balzac, et ainsi de suite. Il ne lut pas tous les auteurs, mais beaucoup.

Au moment de quitter le lycée, il en était à la lettre R. Son dernier livre fut *Les morts bizarres*, de

Jean Richepin. Peut-être que, en redoublant sa terminale, il aurait lu Zola. Mais tant pis pour les Rougon-Macquart. Il avait cerné la psychologie des héroïnes de Jane Austen, entrevu l'absurde chez Camus, plongé dans l'âme russe des *Frères Karamazov*, de Dostoïevski, et comprit la beauté du monde dans les romans de Giono. Le reste n'était qu'une redite qui variait au gré des époques et de la nationalité des écrivains.

Là, dans cette bibliothèque, il apprit donc le monde des adultes. À la manière des livres.

« Décidément, ce Florin me plaît bien », me suis-je dit. Nous avions en commun l'amour du tabac, du vin et de la littérature. Certaines amitiés sont moins charnues.

Avec un tel bagage théorique, paraître normal fut pour Florin beaucoup plus simple. Il comprit qu'il suffisait de jouer la comédie. Après tout, les acteurs qui pleurent au cinéma ne sont pas véritablement tristes.

Le lycéen fut bientôt capable d'assumer les principales interactions sociales et de reproduire toute une série d'émotions : sourire, trémolo dans la voix, regard fuyant, rire spontané. Il fit ses gammes sur la bibliothécaire. Quand ils étaient seuls (à savoir, la plupart du temps), il testait sur elle ses nouvelles mimiques, affichant durant ses lectures les sentiments qu'il feignait de ressentir. La dame adorait cela : ce spectacle littéraire égayait ses journées.

À la grande surprise de Florin, leur relation alla même au-delà de ces innocentes récréations. Quelques jours avant le baccalauréat, la bibliothécaire ferma la porte et lui prit la main. Ils étaient seuls. Interloqué, il la vit s'approcher doucement et l'embrasser. Son premier baiser. Il ne ressentit aucune émotion (cela ne nous surprend pas), mais une érection attesta de l'effet produit. Il découvrit avec elle le processus de reproduction sexuée et ses variantes récréatives.

Le bac en poche, il partit.

Sa vie d'homme pouvait démarrer. Dans une revue, il avait lu que l'étirement d'un muscle devait durer dix-huit secondes pour être efficace. Sa propre expérience lui enseigna qu'il fallait serrer une fille dans ses bras pendant au moins vingt-sept secondes pour qu'un câlin soit recevable. Deux secondes de moins, et la fille se plaignait du manque de tendresse. Aussi, les yeux fermés et le visage dans les cheveux de l'autre, il comptait dans sa tête patiemment. À la vingt-septième seconde, il pouvait s'écarter et lui sourire. Elle souriait. Recette magique.

Avec plusieurs trucs du même genre, il réussit à mener une vie presque normale. Il feignait la colère quand quelqu'un n'était pas du même avis que lui. Il jouait l'émotion quand un ami lui offrait un cadeau. Il réussissait particulièrement bien à simuler la tristesse : il fermait sa bouche comme s'il voulait articuler « b », regardait systématiquement du côté opposé à son interlocuteur, légèrement vers le bas, et se taisait. Il avait piqué cela dans un bouquin de Lermontov.

Florin connut ainsi quelques succès féminins. Savoir s'il était vraiment capable d'aimer était une autre histoire.

— Je ne peux pas affirmer que j'aimais ces femmes. Je ne suis pas sûr de savoir ce que cela veut dire. Par contre, caresser leur peau m'était agréable. Leur parfum m'était doux. Le goût salé de leur nuque me plaisait. Les voir nues sur le lit m'excitait. Entendre leurs gémissements me rendait fou. Bref, j'aimais tout cela dans chaque femme. Je les aimais par fragments, par chacun de mes sens : en quelque sorte, je les aimais par appartement.

Hélas, ses lésions au cerveau eurent une autre conséquence qu'il mit plus de temps à découvrir.

À dix-huit ans, il se rendit compte qu'il se souvenait très bien de son enfance mais très peu des années qui suivirent son coma. Il y avait une sorte de « trou noir » depuis ses treize ans. Il ne se rappelait déjà plus la coiffure d'Amélie, la bibliothécaire. Elle était brune, oui, mais avait-elle les cheveux courts ou longs ? Et ses seins, comment étaient-ils ? Cela l'inquiéta : l'ombre d'une maladie dégénérative. Le médecin le rassura sur ce point mais lui décrivit ce qui serait, dans la vie, son principal problème.

— Les souvenirs se nourrissent de nos émotions. Si vous vous souvenez d'un moment particulier, c'est que celui-ci se rattache à une émotion forte : la joie de recevoir un cadeau, la peine lors de l'enterrement de votre grand-mère, la gratitude en contemplant le spectacle de monts enneigés, etc. Sans émotion, pas de souvenir. La mémoire obéit à cet implacable mécanisme. Depuis cette semaine passée dans le coma, votre capacité à ressentir les émotions a été profondément altérée. Du coup, comme la pellicule photosensible abîmée d'un appareil photo, il n'y a plus d'émotions pour imprimer vos souvenirs. Ceux-ci résistent beaucoup moins au temps et finissent par s'évaporer. Sans émotions, comment distinguer un instant d'un autre ? Vous ne pouvez tout de même pas vous souvenir de toutes les minutes de votre vie ! Votre cerveau ne les conserve plus… Vous comprenez ? Il n'a plus les moyens de les distinguer. Cela explique ce « trou noir » qui vous inquiète.

— Mes souvenirs, docteur, s'effaceront tous au bout de quelques mois ?

— J'en ai bien peur, jeune homme.

— Mais comment peut-on vivre sans souvenirs ?

— Difficile question que celle-ci. Rassurez-vous, j'ai quelques pistes…

— Lesquelles ?

— Il va falloir aider votre cerveau à sélectionner vos souvenirs. Il faut que vous associez un moment à un objet, à défaut de rattacher l'instant à une émotion. En vous souvenant de cette chose, vous retrouverez la mémoire de l'instant. Une sorte d'association d'idées.

— Je ne comprends pas.

— Il faut que vous remplaciez cette pellicule photosensible des émotions qui vous manque. Elle ne fonctionne plus. Substituez-lui une association qui utilise un sens : l'ouïe, l'odorat, le toucher... Les aveugles, par exemple, développent un sens de l'odorat suffisamment puissant pour fixer un souvenir en fonction d'une odeur.

— Ça marche vraiment comme ça ?

— Je vais vous donner un cas, un patient que j'eus voilà quelques années. Il est mort maintenant, mais ne vous inquiétez pas, la cause de son décès n'a rien à voir avec nos affaires : des rats-taupes ayant envahi son champ, il avait en représailles décidé de les cuisiner. Il fut empoisonné par la quantité de plomb que ces bestioles ingèrent. Bref, cet homme souffrait grosso modo du même syndrome que vous. Il luttait contre l'amnésie en ramassant des petits bouts de bois. Il en avait une sacrée collection, de l'érable, du noisetier, du chêne, tous de longueurs et de formes différentes : chaque bout était associé à un souvenir auquel il tenait. Efficace.

C'est ainsi que Florin commença à ramasser un

caillou chaque fois qu'il voulait se souvenir d'un moment. Le dernier en date, ce matin même, pour conserver bien au chaud la mémoire de cette nuit mémorable où nous noyâmes les vers luisants.

— Cette histoire est incroyable, dis-je quand il eut fini.

Il ralluma le tabac qui s'était éteint et tira sur sa pipe. Une jolie fumée bleutée sortit du fourneau. Il regardait la piscine-potager sans la voir.

— Rassure-moi. Quand tu bois du vin ou que tu fumes ta pipe, tu aimes cela quand même ?

— Bien sûr ! Les émotions, les goûts, les sens : ce sont des choses distinctes. Même si tout s'imbrique dans le processus de mémorisation.

— Effectivement, répondis-je en me demandant si le plaisir que j'éprouvais à fumer en ce moment relevait de l'émotion ou d'un plaisir gustatif. Je l'interrogeai :

— Tu en as beaucoup, des cailloux ?

Il pouffa.

— Viens, je vais te montrer ma deuxième collection.

Nous rentrâmes dans la maison, suivîmes un long couloir sur les murs duquel je remarquai plusieurs photos d'une très belle femme – sans doute Emma, celle qui l'avait quitté. Ce couloir débouchait sur une petite chambre. Face à la porte-fenêtre qui donnait côté est, des dizaines de bocaux étaient alignés sur deux longues étagères. Dans chacun, des cailloux. Beaucoup de cailloux.

— Voici toute ma vie.

— ...

— Chaque bocal contient les souvenirs d'une année. Ça commence en 1971, j'avais dix-huit ans. Tu as quarante et un bocaux comme ça. J'ai eu cinquante-neuf ans en mai dernier.

— Combien de souvenirs ?

— Chaque pot contenant une centaine de cailloux, je dirais dans les quatre mille. Mais attention ! Je les connais tous. Je discerne la forme et la texture de chacun et je me souviens exactement du moment où je l'ai ramassé.

— Tu veux dire que tu connais par cœur leur forme et que tu les reconnais juste au toucher ?

— Oui. J'ai développé avec le temps un toucher et la mémoire qui va avec. Voilà pourquoi j'ai besoin de coucher avec une fille pour me souvenir d'elle. Elle a beau être la meilleure amie du monde, la fille la plus spirituelle qui soit, si on en reste là, elle s'efface un jour ou l'autre inexorablement de ma mémoire. Une fois que je l'ai touchée, que j'ai palpé son corps, elle reste gravée là (il montra sa tête de son index) à jamais. C'est mon truc : l'association toucher-souvenir. J'ai beaucoup progressé. Regarde, les premiers bocaux sont moins remplis que les derniers.

Il s'approcha du bocal étiqueté 2012 et y plaça le caillou qu'il venait de ramasser.

— Et voilà, un de plus !
— Toute ta mémoire est ici, en fait ?
— Exact. C'est comme un gros disque dur.
— Mais tu n'as pas peur de tout perdre ?
— Pourquoi voudrais-tu que je les perde ? Personne ne me volera des cailloux. Et en plus, ils résistent au feu…

J'étais stupéfait. Quatre mille souvenirs dormaient là, à l'extérieur de sa tête. Une vie. Une existence. Des femmes possédées, des amis retrouvés, des morts regrettés, des bouteilles homériques ; toutes ces choses auxquelles il tenait se trouvaient là, devant moi, bien rangées dans des bocaux.

— Je te montre…
Il ouvrit le pot 1998, plongea sa main à l'intérieur, fit rouler quelques cailloux, pour finalement en sortir un, l'air satisfait. Un bout de gravier. Un simple caillou blanc, insignifiant.
— Tu disais que tu voulais connaître l'histoire de la piscine-potager ?

Je mourrai d'envie de l'écouter, mais Margaux était seule depuis ce matin. J'inventai une excuse.
— Pas tout de suite, je dois rentrer chez moi, un coup de fil urgent à passer…

Il hocha la tête et me regarda partir.

DANS LA PÉNOMBRE

Margaux avait préparé un poulet qui trônait, désormais froid, sur la table.

Assise sur le canapé du salon, elle observait le champ, immobile, le regard perdu. Les états d'âme d'une adolescente. Cela saute aux yeux.

— Excuse-moi, j'étais chez le voisin. Un homme incroyable.

— Ah ?

— Il a besoin de parler.

— Lui aussi ?

Elle posa son menton sur ses deux genoux repliés. Refusa mon regard.

Je lui caressai les cheveux.

— Margaux, je sais que la situation est difficile pour toi. Mais tu es peut-être recherchée. Personne ne doit te voir. Même pas ce gars-là.

— Je m'ennuie. Ton livre est chiant. Il y a deux cents personnages qui changent sans arrêt de nom. Je ne comprends rien.

— Ils ne changent pas de nom mais de titre à

la cour impériale. Cela revient au même, je te l'accorde. Le *Dit du Genji* a été écrit au XIe siècle. Je t'avais prévenue qu'il était compliqué. Mais accroche-toi, ça vaut le coup... Si tu veux, je reste avec toi cet après-midi. Après le repas, on jouera au Scrabble.

Elle sourit comme une adolescente à qui l'on promet de jouer au Scrabble.

Elle gagna les neuf parties. Comme toujours. Putain de gamine douée.

Vers onze heures du soir, je sortis vérifier que Florin était bien couché. Personne. J'avais ma petite idée pour me faire pardonner.

— Margaux, sortons, je vais te montrer un truc insensé.

Je la guidais sans faire de bruit jusqu'au champ de vers luisants. Notre génocide n'avait pas été définitif, heureusement.

Le spectacle était féerique. Nous nous allongeâmes dans l'herbe. C'était bon. Nous parlâmes à voix basse pour respecter la magie du lieu. Elle me conta son enfance. Les rares souvenirs de sa mère. Une nuit, alors qu'elle était petite, elles avaient voulu dormir sous la tente. Elles avaient tenu jusqu'à minuit, puis étaient rentrées, trop effrayées par les bruits des choses au-dehors. La nuit, la peur est un fluide pénétrant.

Nous restâmes au moins une heure.

En me levant, je vis une lueur rouge flotter devant la maison de Florin.

Il fumait là, protégé par la pénombre.

Il nous avait vus.

Il avait vu Margaux.

Mardi 24 juillet

En souvenir de toi :
« Maman,

Il est une douleur intérieure,
Qui ronge mon âme damnée,
Et qui me laisse écartelée.

Sans en comprendre la teneur,
Me voilà seule et dévastée.
Je me sens comme abandonnée.

Mon cœur est un méandre
Et la moindre nervure
Mène à une blessure.

Sans pouvoir te méprendre,
Au fond de mes yeux sombres,
Tu trouveras ton ombre. »

Hier, Pascal m'a emmenée voir les vers luisants. C'était beau. J'ai bien aimé. Il y avait aussi beaucoup d'étoiles dans le ciel, presque trop. Je lui ai parlé de maman. C'est bizarre car j'avais surtout envie de parler de papa. J'aime beaucoup Pascal, mais hier soir, j'avais envie que mon père soit là, à sa place, allongé à côté de moi. Qu'il me montre les constellations, comme le jour de mes onze ans, en Ardèche. Il m'avait raconté l'histoire d'Orion, ce chasseur extraordinaire, capable de tuer toutes les bêtes légendaires et qui mourut piqué par un petit scorpion… Je m'en souviens très bien. Des fois, je me dis qu'il y a beaucoup trop de scorpions dans ce monde et cela me rend triste.

J'espère sincèrement qu'un jour il oubliera. Je reviendrai ici avec lui. Je lui montrerai les vers luisants. C'est promis, petit carnet.

LA PART DE GÂTEAU

Le lendemain matin, j'allai trouver Florin pour m'expliquer. Le genre de situation qui me met mal à l'aise. Je repensai à Hemingway, *En avoir ou pas*, et j'osai.

— Je voulais te parler d'hier soir. Ce que tu as vu.

— Je ne suis pas du genre à poser des questions sur ce que je n'ai pas vu, me répondit-il en plantant ses yeux dans les miens.

Le vert et le marron. Je hochai la tête.

— Je vais tout de même t'expliquer.

Il prépara le café comme pour montrer qu'il acceptait la proposition. Je m'assis sur un tabouret de piano branlant.

— Margaux vient de passer le bac, lui dis-je.

Elle était cette année dans ma classe. C'est une élève brillante mais mal dans sa peau. Je connais son père depuis des années. Il est professeur de philosophie dans mon lycée. Un gars spécial. Renfermé.

Un jour, quand elle avait six ans, sa mère lui a refusé une seconde part de gâteau. De colère, la petite a jeté les clefs de voiture dans la piscine. Ils venaient à peine de terminer le repas sur la terrasse, il faisait une chaleur torride. Sa mère a plongé. Elle est morte sur le coup. Hydrocution. Sa mère était professeur d'allemand dans notre lycée. Son décès nous a tous choqués.

Margaux en est convaincue : c'est à cause d'elle que sa mère est morte. Elle a suivi une thérapie pendant des années, ce qui ne l'a guère aidée. Elle a la phobie des piscines, ne mange plus de gâteaux et se considère comme responsable de tous les malheurs qui surviennent ici-bas. Elle s'est réfugiée dans les livres et dans le travail, s'est isolée de ses camarades. À l'école, elle fait peine à voir.

Ici, Florin fronça les sourcils.

Ses dissertations sont de vrais bijoux : un style impeccable, une grande culture, une maturité bien supérieure à celle de ses camarades. Pendant les récréations, nous discutons régulièrement. J'essaye de l'aider à ma façon, elle pourrait être ma fille et nous avons plus d'une chose en commun.

Elle vit seule avec son père. Depuis l'accident, il s'est enfermé dans les jeux vidéo. Dès qu'il rentre du lycée, il s'installe devant son ordinateur. Il paraît qu'il est doué. Il prépare les championnats du monde de Pac-Man. Cela se passera à Tokyo. La dernière fois, il a été neuvième. Il consacre tout son temps à Pac-Man, week-ends compris, et ne s'occupe pas de la petite. C'est son exutoire. Il traque les petits fantômes colorés, ça lui évite de trop penser et de regarder sa fille dans les yeux. Il a même inventé toute une théorie philosophique autour de ce jeu. Loufoque…

La semaine dernière, alors que Margaux était seule à la maison, un voisin s'est pointé. Éméché, la quarantaine. Il voulait emprunter un outil. C'était l'excuse. De fil en aiguille, il s'est retrouvé dans sa chambre et a tenté de la violer. Essayant de lui enlever son pantalon et le reste. Margaux a paniqué. Elle a pris un stylo et le lui a planté dans l'œil. Il s'est enfui en hurlant. Elle a aussitôt rappliqué chez moi.

Je préparais les valises pour partir en vacances. J'avais loué ce gîte.

Je lui ai proposé de l'accompagner au commissariat mais l'idée la terrifiait, à cause de l'œil. Je crois que ça m'a angoissé aussi. Alors je lui ai proposé de partir avec moi, comme ça, comme dans un roman de Tolstoï. Décision absolument irrationnelle, je l'admets. J'ai raconté à son père que j'organisais un stage de lectures préparatoires pour la fac réservé aux meilleurs élèves du lycée. Ça c'est décidé comme ça.

Au moment du départ, Margaux a voulu se cacher dans la voiture. Ici aussi, d'ailleurs, elle se cache. Elle est persuadée qu'elle est recherchée par la police ou par ce voisin qui voudrait se venger. Ficelle de roman noir. Je l'ai suivie dans sa chimère. Nous ne savons même pas ce que le voisin a fait, s'il est allé à l'hôpital, s'il a porté plainte, s'il a vraiment l'œil crevé. Je pense que non. Quand je vais au village, je regarde la rubrique « faits divers » dans le journal. Pour le moment, je n'ai rien lu sur cette histoire... J'attends qu'elle recouvre ses esprits, que les choses se tassent naturellement.

Le café était bu.

Florin, impassible, me répondit :

— À mon avis, le voisin ne fera rien. Soyez tranquilles. Tu peux venir chez moi avec elle. Elle ne va tout de même pas rester enfermée tout l'été à moisir. Ici, elle ne craint rien.

Une demi-heure plus tard, nous étions installés tous les trois sur la terrasse surplombant la piscine-potager. Margaux ouvrait de grands yeux. J'avais réussi à la convaincre de sortir sans trop de difficulté. En fin de compte, elle semblait heureuse de quitter sa chambre, de sentir le soleil sur sa peau. J'avais craint que la pseudo-piscine de Florin lui rappelle sa mère, mais elle ne semblait nullement perturbée. Son attention était accaparée par notre ami qui caressait un caillou de 1998. Le magnétisme opérait.

LA PARTIE DE CARTES

En mars 1998, j'ai joué la plus longue partie de cartes de toute ma vie.

C'était une partie de capateros – un jeu que j'avais appris au Chili. Elle débuta le vendredi soir après le repas et se termina le dimanche en fin d'après-midi, juste avant le départ de l'autocar de 17 h 03 pour les Ratanelles.

J'avais quitté mon village natal depuis de nombreuses années. Sans réelles attaches, j'enchaînais les boulots ici et là, mon manque d'émotion me permettant d'exercer les métiers les plus ingrats. J'ai été, entre autres, fossoyeur, militaire dans une unité d'intervention spéciale et bras droit d'un homme d'affaires crapuleux. Travailler n'a jamais été un problème.

Après une période intense passée à l'étranger, j'avais amassé quelques deniers et découvert par hasard ce village perdu au fond de la vallée de Chantebrie. Je me suis installé chez une veuve pour qui je coupais du bois en échange du toit et du couvert. C'était plus chaleureux qu'un hôtel et moins fatigant qu'une maison à soi. La journée, je réparais des bricoles ; une ou deux fois, je lui ai même ramoné sa cheminée. En somme, je l'aidais à passer l'hiver. Je me reposais.

Le soir, je jouais au capateros au café du Commerce. J'avais réglé quelques affaires désagréables pour le patron. En échange, il effaçait mon ardoise.

Nous étions quatre à jouer très régulièrement ensemble : l'avocat, l'érudit, le colonel et moi. Souvent, le vendredi, nous misions de l'argent. Des mises modestes car mes partenaires vivaient chichement. Mais, pour le frisson et pour nous sentir des hommes, nous déballions les quelques francs que nous avions. Celui qui gagnait commandait immédiatement une tournée au bar. Du coup, tout le monde se moquait de perdre ou de gagner, certain de boire une bière quoi qu'il advienne.

Parfois, l'un de nous élevait la voix, jetait ses cartes par terre ou faisait mine de se lever. Car il le fallait. Nous nous occupions, voilà tout. Malgré les crasses et les calembours, aucun d'entre nous n'aurait quitté le jeu avant d'avoir marqué ses mille points.

Une partie avec les règles chiliennes durait environ trois heures. Sauf quand l'avocat allait « travailler ».

En réalité, il n'était pas du tout avocat. On le surnommait ainsi à cause de l'expression : « avocat au barreau ». Ou plutôt à cause du barreau. C'était le barreau qui avait fait l'avocat, pour tout dire.

Une drôle d'histoire.

À quatorze ans, lors d'une corrida, il fut embroché par un taureau. Son testicule droit éclata sous le choc. Il se retrouva à l'hôpital, tout le bas-ventre déchiré. Le chirurgien fit un travail remarquable. Malheureusement, à cause d'une artère endommagée, il dut composer avec une érection permanente. Depuis ce jour, il ne débanda pas une seconde. D'où le surnom.

Quoi qu'en disent les jaloux, ce n'est pas facile de triquer toute la journée. Deux ans après l'accident, il découvrit qu'il n'éprouvait aucun plaisir lors du coït : il pouvait s'échiner des heures, aucune éjaculation, aucun orgasme. C'était comme avoir un 357 Magnum sans les balles. Frustrant.

Pourtant, c'était un beau jeune homme et toutes les femmes qui connaissaient sa mésaventure le regardaient par en dessous. Rapidement, il devint la coqueluche de ces dames. Pensez, c'était un coup en or : toujours prêt, sans risques et pouvant s'interrompre dès que la femme avait tutoyé les anges. Une telle aubaine ne se trouvait pas tous les jours…

Alors, il se mit à son compte en tant que gentleman-gigolo.

En 1998, cela faisait plus de quinze ans que ce métronome travaillait au bar où nous jouions aux cartes. Il avait sa petite clientèle qui venait d'un peu partout dans la vallée. Assis dans la salle, il attendait en lisant des romans à l'eau de rose (sa faiblesse). De temps en temps, le barman lui demandait de monter à l'étage où l'attendait une cliente. Il se faisait payer à la minute, c'était plus pratique pour tout le monde. Il posait discrètement sa montre sur la table de chevet, se déshabillait avec soin puis s'activait méthodiquement en fonction des desiderata de la cliente. Elle en voulait pour sept minutes ? Il lui en donnait pour sept minutes. Il lui en fallait trois de plus pour rosir ? Il les lui facturait. Aussi simple que cela. Il redescendait ensuite boire ses gains.

Un soir où nous bûmes plus que d'habitude, il nous confia sa lassitude :

— Vous ne pouvez pas vous imaginer à quel point toutes les femmes se ressemblent.

À une certaine heure de la nuit, tout le monde devenant philosophe, je renchéris :

— Je te comprends. En voyageant, j'ai découvert que tous les villages se ressemblent. La vie y est la même, qu'il pleuve, qu'il vente ou qu'il fasse soleil.

— Le plaisir du changement est une illusion, c'est dans nos têtes. La réalité, c'est que nous vivons sur une toute petite planète.

Nous restâmes pensifs, désenchantés par le

poids de cette révélation. Bientôt, il repartit jouer sa gamme mille fois répétée.

Voilà pourquoi nos parties étaient à géométrie variable. Parfois, en plein milieu d'une manche, le barman s'approchait :

— L'avocat, on t'attend à la trois.

— Putain, l'avocat ! On est en pleine partie, là !

— Tu nous emmerdes avec ton boulot doublement à la con !

— Ça va, les gars ! À cette heure-ci, c'est sans doute la Berthe. J'en ai pour cinq, dix minutes grand maximum.

— Finissons au moins le tour !

— D'accord. Marcel, dis-lui que je monte dans trente secondes. Qu'elle commence à se chauffer…

Et nous finissions le tour, nullement gênés par l'incongruité de la situation.

Pendant l'absence de l'avocat, le colonel y allait de sa misogynie par salves d'aphorismes scabreux. Le pauvre…

Florin fit à nouveau rouler le caillou dans sa main. Nous regarda, Margaux et moi, hochant la tête.

Le pauvre…

Oui, le colonel mourut dans des circonstances particulières.

Il faut vous dire aussi qu'il n'était pas plus colonel que l'avocat n'était avocat. Le colonel n'avait pas dépassé le grade de major. Il avait fait la guerre Iran-Irak en tant que pilote d'hélicoptère. « Les majors sont les derniers à avoir encore des couilles », aimait-il à répéter.

En 1981, son appareil fut touché par des frappes ennemies et s'écrasa dans le désert. Il en sortit indemne mais les six autres étaient morts. Le colonel se les mit sur la conscience. Depuis ce jour, il ne fut plus jamais le même. Il refit mille fois dans sa tête le vol de ce matin-là, cherchant la manœuvre qui aurait pu éviter l'accident. À force, il devint à moitié fou et fut renvoyé au pays dans un hôpital psychiatrique où il resta douze longues années. En 1993, il fit valoir ses droits à la retraite, ce qui lui permit d'en sortir. Le hasard des routes et des destins le conduisit ici, dans ce village de la vallée de Chantebrie où il bricola quelque temps avant de monter l'affaire du siècle.

Personne ne sait trop comment, il acheta un vieil hélicoptère Robinson qui avait appartenu au groupe montagne des sapeurs-pompiers d'Altuchberg. Son idée n'était pas bête : il vendait ses services aux propriétaires des noyeraies qui s'étendent dans la vallée. À cette époque, on cueillait encore les noix à la main. Le jour des récoltes, il grimpait dans son appareil et tournait au-dessus des arbres à une petite dizaine de mètres d'altitude. Le vent des pales faisait instantanément tomber toutes les noix, il n'y avait plus qu'à se baisser pour les ramasser. Ce procédé, qu'il fut sans doute le premier à expérimenter, permit aux cultivateurs de gagner un temps précieux. Son procédé était d'une telle efficacité que le salaire engrangé en quelques jours lui permettait de se reposer le reste de l'année, sans rouler sur l'or, bien entendu, mais à un certain âge l'argent compte moins que la tranquillité.

Voilà trois ans, des gamins inconscients et surtout ignorants du drame vécu jadis par le colonel le prirent pour cible avec des fusils à patate. C'étaient de modestes carabines à air comprimé, armées de morceaux de pommes de terre taillés en plomb de 4,5 millimètres. Un jeu de gosses. Malheureusement, le colonel n'y comprit rien. Il se revit sous les feux des Iraniens. En l'espace d'une fraction de seconde il fut submergé par une détresse indescriptible. Il se mit à hurler et lâcha les commandes du Robinson. L'hélicoptère tournoya sur lui-même avant de s'écraser sur la noyeraie. Les pales déchiquetèrent deux arbres et cinq saisonniers. Le colonel mourut sur le coup. Ce qui n'était qu'une petite taquinerie d'enfants se transforma en drame ; même la presse nationale relaya l'histoire. Certains journaux publièrent des photos non autorisées, ce qui fit scandale.

Vous en avez peut-être entendu parler ? Au cours de l'enquête, on découvrit que l'hélicoptère avait été acheté grâce à la vente d'un collier orné d'un rubis énorme que le colonel avait récupéré on ne sait où. Certains parlent d'un héritage familial, d'autres d'un vol. Allez savoir... Toujours est-il qu'ainsi s'acheva la vie de celui qui nous amusait en dénigrant les femmes pendant que l'avocat s'activait au barreau.

Quant à l'érudit, le troisième joueur, nous l'appelions ainsi car il parlait couramment quinze langues : sa langue maternelle et quatorze langues mortes. Il n'y a pas cinq personnes dans le monde capables d'une telle prouesse.

Florin fit une pause pour rallumer son tabac. C'est l'inconvénient des fumeurs de pipe, ils sont rarement loquaces sur la durée. Régulièrement, il leur faut tirer sur le fourneau et rallumer le feu.

Margaux prenait un évident plaisir à l'écouter, nullement choquée par l'histoire de l'avocat. Cette jeune fille connaissait le monde.

Florin prit un autre caillou et se mit à le tripoter. Sans nous regarder, il poursuivit son récit.

ALPHONSE, L'ÉRUDIT

L'érudit s'appelait Alphonse, prénom prédestiné à l'étude des langues mortes.

À quatorze ans, il apprit le métier de potier dans l'atelier paternel. Avec passion, il découvrit la science du mélange des terres, argile, marne et silice : le malaxage, le pourrissage, l'estampage, le modelage, le calibrage, le montage, le tournage, le tournassage, le moulage, le coulage, l'ansage, le séchage et la cuisson, qu'il appelait par déformation « le cuissage ».

À vingt ans, il s'occupait seul de l'atelier, laissant à son père le soin de commercer avec d'improbables clients au bistrot du village. Cette situation ne le dérangeait pas, il aimait son métier et le contact de l'argile glabre. Volontiers solitaire, il fréquentait peu les jeunes du lieu et les seules filles à qui il parlait étaient des clientes.

Quand Léonille, la cadette des Vauban, vint lui rendre visite plusieurs fois par semaine, puis plusieurs fois par jour, il ne s'interrogea pas. Au début, il s'agissait de choisir un vase pour mettre les fleurs le dimanche, puis une cruche pour sa mère, puis un pot pour la tante. Rapidement à court d'excuses, la jeune blonde fit mine de s'intéresser à tous ces mots en « -age » qui définissent le procédé de fabrication. Touché par l'intérêt qu'elle manifestait, Alphonse lui raconta l'origine de ce métier : de l'invention au néolithique, jusqu'aux apparitions en Chine, en Asie Mineure, en Colombie et en Afrique. Il lui apprit la différence entre une cruche, une oule et un coquemar. Lui expliqua pourquoi le tournage avait révolutionné le monde et en quoi la température de cuisson dépendait de la proportion de sels alcalins ou d'acides contenus dans la terre. Tout en croisant et décroisant les jambes, la petite Vauban l'écoutait, très concentrée. Un soir de septembre, alors qu'il s'apprêtait à lui enseigner la sensibilité des poteries poreuses au gel, elle lui cloua le bec en l'embrassant. La formation ès poteries s'arrêta sur ce baiser volé.

Le soir, il rapporta l'événement à son père, qui lui répondit d'une bourrade :

— La fille Vauban ? Mais tu es un don Juan, ma parole ! Elle est mignonne comme un cœur, cette petite. Je la vois des fois au marché au bras de sa mère. Et puis, les Vauban, c'est une sacrée famille, une des plus anciennes de la région, qui a du blé, de la pierre et tout ce qu'il faut derrière, tu peux me croire (il frotta son pouce avec son index et son majeur pour illustrer son propos). Si tu veux un conseil, mon fils, marie-toi !

Alphonse ne comprit jamais pourquoi une jeune fille splendide, de bonne famille, riche et intelligente (elle faisait des études de droit) s'intéressait à lui. Peut-être parce qu'il était bel homme, les cheveux châtains et bouclés, avec de larges épaules et le regard doux ? Il était travailleur, jamais on ne l'avait vu désœuvré à l'atelier ni même boire un verre de trop au bistrot, poli avec ses clients et avec les demoiselles, tout l'opposé de ces coureurs de jupons qui ne pensent qu'avec leur deuxième cerveau. La belle Léonille persista et devint de plus en plus entreprenante. On raconte que le rideau de la boutique fut abaissé par deux fois en plein après-midi.

Alphonse fit la connaissance de ses futurs beaux-parents, de Claire, la sœur aînée, Jeanne, la puînée, et Gérard, le grand frère. Tous l'accueillirent avec chaleur.

Le mariage eut lieu un 6 juin. La semaine avait été chaude et déjà les cerisiers donnaient. Mais, chose extraordinaire, jamais vue depuis trois siècles, il neigea vingt centimètres ce jour-là. Les invités, pris au dépourvu dans leur tenue légère, se réfugièrent dans la petite salle de la mairie où ils se réchauffèrent en dansant et en buvant du vin de pays.

Tous les proverbes furent passés en revue :

aucun n'évoquait le cas d'un « mariage neigeux » ni de « neige pour la Saint-Norbert ». Que des siècles de sagesse populaire n'aient pas immortalisé ce cas de figure aurait dû alerter Alphonse. Mais il avait la tête ailleurs, très haut dans les nuages, et le bras à celui de sa femme qui déjà le guidait d'un pas ferme dans sa nouvelle existence.

Il consomma son mariage comme d'autres trouvent la foi. Ce fut une illumination des sens et de l'esprit. Enfin il palpait de ses grandes mains autre chose que de la glaise et cela lui plut infiniment.

Il poursuivit son activité. Léonille termina ses études de droit puis travailla à l'office notarial. Les dimanches, ils allaient déjeuner chez ses parents en compagnie de Claire, Jeanne et Gérard.

De leur amour naquirent deux filles à une année d'intervalle : Stéphanie et Laurence.

Quelques années plus tard, les parents Vauban moururent, léguant à leurs enfants une coquette somme. Claire et Jeanne, les deux sœurs, trouvèrent un mari et déménagèrent. Ne resta que Gérard, vieux garçon taciturne, avec qui Alphonse allait régulièrement à la pêche.

Un jour, dans une revue spécialisée, Alphonse découvrit un article sur l'archéo-acoustique : une science consistant à faire de l'archéologie au moyen de sons enregistrés il y a plusieurs siècles.

Un tel concept peut surprendre, car chacun sait que Thomas Edison a breveté son phonogramme quelques jours avant la Noël 1877 (même si personne n'ignore qu'il a honteusement volé cette idée au poète français Charles Cros, mais cette histoire nous emmènerait trop loin). Comment des Gaulois auraient-ils pu nous laisser une quelconque mémoire sonore ?

Par la poterie. Et c'est là que la curiosité d'Alphonse décupla.

Selon l'auteur de l'article, l'archéo-acoustique pouvait utiliser les sillons tournés par le potier comme les sillons d'un disque vinyle. Tout se passe pendant le tournage, une opération qui remonte à plus de quatre mille ans. L'argile, sur un plateau tournant, est façonnée pendant sa rotation. L'objet prend forme sous les mains du potier jusqu'à l'obtention d'un aspect « cuir ». Commence alors l'étape du tournassage qui vise à corriger les imperfections, à fignoler le pied. Enfin arrive la gravure.

Les rainures décoratives sont faites en positionnant une fine lame pendant la rotation du tour. Pendant cette opération, si le potier parle, les vibrations de sa voix se propagent le long de son outil pour aller s'inscrire dans le sillon d'argile. On procède de la même façon pour l'enregistrement des disques vinyles.

L'article expliquait qu'un vase romain, découvert dans une villa proche d'Augustonemetum, permettait d'entendre distinctement la voix du potier qui fredonnait « *ego amare bonum vinum* ».

Alphonse pensa au trésor dissimulé dans la maison et ne put dormir de la nuit.

Dans une pièce sombre et interdite au profane, une centaine de pots était entreposée depuis plus de deux siècles. Chaque génération ajoutait une pièce à cette collection familiale, agrandissant ainsi son prestige. Il y avait, paraît-il, un vase ayant appartenu à Clodomir, fils aîné de Clovis Ier, et un arrière-grand-père avait certifié l'origine d'un pot venant du royaume d'Ur dans la Mésopotamie ancienne, préservé de l'invasion des Élamites en 2000 avant J.-C. Le jour des sept ans d'Alphonse, son père lui montra un bol dans lequel avait très certainement bu Simon de Cyrène, le pauvre paysan qui dut porter la croix de Jésus au Calvaire. Ainsi de suite. Alphonse avait quasiment appris l'histoire des rois de France dans cette pièce.

Depuis qu'il avait lu l'article, ces reliques devenaient d'autant plus précieuses. Peut-être allait-il ressusciter la voix de Clovis grondant son fils, ou celle d'un potier se moquant de Louis II le Bègue ?

Cette idée l'obséda.

Dans la pièce attenante à l'atelier, il installa un laboratoire. Tout d'abord, il enregistra sa voix sur un sillon gravé dans un vulgaire pot, afin de mettre au point l'appareil de restitution du son.

Une fois satisfait du résultat, il se mit en quête du pot qui allait bouleverser la connaissance. Il imaginait déjà les titres des journaux :

« Un potier ressuscite Clodomir (le fils aîné de Clovis Ier). »

« Alphonse : le potier qui fait parler les rois de France. »

« En 2000 avant J.-C., les potiers du royaume d'Ur parlaient déjà de la crise. »

Le protocole d'analyse d'un pot était long. Il fallait le dépoussiérer délicatement, vernir les décorations afin que l'aiguille n'abîme pas les rainures pendant la rotation, étalonner l'appareil de mesure (ce qui prenait facilement une journée) et enregistrer le son à plusieurs vitesses afin de deviner celle utilisée par le potier de l'époque. Puis analyser les résultats avec un magnétophone – ou, des années plus tard, grâce à des logiciels complexes de traitement du signal.

Accaparé par les clients et les commandes en cours, Alphonse arrivait péniblement à analyser un pot par semaine. Il y passait tous ses week-ends.

Sa femme le laissait tout à sa marotte. Leur passion s'était calmée depuis longtemps.

Au bout d'un an, les résultats parurent décevants. Pratiquement tous les pots produisaient un bruit de fond, des craquements, des semblants de voix. Mais Alphonse ne put rien identifier de probant.

Léonille, qui jusque-là s'amusait des lubies de son mari, lui suggéra que tous ces braves ancêtres potiers ne parlaient certainement pas français. S'il voulait mener à bien ses recherches il devrait, *ad minima*, apprendre le latin pour reconnaître quelques phonèmes.

Alphonse se félicita, une fois de plus, d'avoir une femme intelligente.

Il acheta des manuels de latin et l'apprit avec une facilité imprévue. Il réécouta tous ses échantillons mais sans plus de succès.

Les pots et les vases n'étant pas datés, bien malin qui aurait pu deviner la langue du potier, si enregistrement il y avait. Ne restait plus qu'à tester les combinaisons possibles, autant dire vérifier toutes les langues sur tous les pots. Un travail colossal. Le travail d'une vie.

Pendant les dix-huit années qui suivirent, Alphonse apprit donc quatorze langues mortes. Après le latin, il continua par le gaulois et le lépontique, son ancêtre naturel. Puis, le nadruvien, le galate, le skalvien, le sudovien, le grec ancien (qui lui permit de lire Ulysse en version originale : il en pleura de joie tout un après-midi), le dalmate (qu'il apprit auprès d'un voyageur mort par inadvertance au village, après cent ans d'errance), le celtibère (qui diffère normalement de l'ombrien par l'emploi fréquent du subjonctif, d'où la réputation snobinarde de cette langue dans les salons parisiens aujourd'hui), le phénicien (dont le verbe « être » n'existe pas au présent, curiosité qui explique sûrement son absence sur les réseaux sociaux actuels).

Il plaça beaucoup d'espoir dans l'apprentissage de l'akkadien, langue parlée dans le royaume d'Ur. Malheureusement, le pot de Mésopotamie ne révéla rien et Alphonse se plut à croire en l'histoire d'un potier dont le roi aurait coupé la langue pour avoir médit d'un jeune prince. Il se mit ensuite au cambrien sans grande conviction, puis à l'oubykh qui, avec ses quatre-vingt-trois consonnes, est une langue compliquée à maîtriser, surtout sans professeur, dans un petit village de la vallée de Chantebrie.

La vie continuait ainsi doucement, au rythme du tour de potier.

Le bac en poche, Stéphanie et Laurence partirent poursuivre leurs études à la ville et ne revinrent que de loin en loin. Le premier samedi du mois, Alphonse et Léonille faisaient l'amour. Cette habitude s'était imposée naturellement, sans reproche ni amertume, après des années d'un amour distendu.

À vingt et une heure, Léonille disposait dans la chambre quatre bougies, fermait les rideaux, se déshabillait et se glissait sous les draps. Quelques minutes plus tard, Alphonse, lavé et rasé, entrait en pyjama rayé dans cette chambre aux allures de crypte et, sous la lumière vacillante des bougies, aimait sa femme, sans prétention mais sans inattention non plus. La chose faite, elle l'embrassait sur le front, soufflait les bougies et il s'endormait, heureux.

Très tôt, Léonille s'était prise de passion pour les bougies qu'elle confectionnait elle-même. Depuis leur première fois, elle en disposait toujours une à chaque coin de la pièce. Ces bougies exhalaient une odeur âcre, unique et surprenante. Au début, Alphonse lui avait suggéré de varier les parfums, mais Léonille lui avoua que cette odeur lui rappelait son enfance. Ancrage émotionnel ? Il n'insista pas.

Pour ses cinquante ans, Alphonse s'offrit une piscine. La fosse fut creusée le jeudi 31 mai, deux jours avant son anniversaire. Le béton de la dalle devait être coulé le jeudi de la semaine suivante.

Le samedi soir, ils firent l'amour comme prévu. Alors qu'il officiait, Alphonse remarqua un poil pubien noir dans la cire fondue d'une des bougies. Comme sa femme était blonde et qu'il n'avait pas l'habitude de s'exhiber nu lors de la confection des bougies, ce détail l'intrigua.

Le lendemain, il descendit dans l'atelier de sa femme, inspecta les lieux, retrouva le reste de bougie de la veille et en extirpa un court poil frisé dont la texture ne laissait aucune doute quant à son origine. En fouillant davantage, il trouva un flacon rempli d'un liquide blanchâtre. Il le renifla et fit une moue de dégoût. C'était du sperme. Manifestement pas le sien.

Alphonse comprit alors que sa femme fabriquait des bougies à base de cire et de semence, la semence d'un autre homme. Il repensa au parfum âcre si caractéristique. Cela devait venir de cette coupable mixture. Aussi loin qu'il remontait dans le temps, il revoyait ces bougies autour du lit. Il s'effondra. Une illusion, une vie s'écroulait. Depuis plus de trente ans, chaque fois qu'ils faisaient l'amour, sa femme pensait à son amant en humant l'air ambiant.

Il songea immédiatement à faire un test de paternité, mais le laborantin lui ôta tout espoir dès le premier examen.

— Le test ne sera pas nécessaire : vous êtes stérile.

— Comment ça, stérile ? Je suis le père de deux grandes filles !

Le jeune homme en blouse blanche le regarda sans rien dire puis baissa les yeux, gêné. Alphonse comprit son infortune. Depuis le jour de leur mariage, son épouse le trompait avec un homme dont elle avait eu deux enfants.

Mais pourquoi ne pas l'avoir quitté ? Elle qui avait déjà tout ? L'argent de sa famille, un boulot bien mieux payé que lui, la beauté, l'intelligence.

Pourquoi avoir joué la comédie si longtemps ? L'aimait-elle vraiment ? Restait-il un mince espoir ?

Il retourna à la boutique désespéré. Un étranger avec un fort accent anglais entra à cet instant.

— Hello. Je suis Sharkey, marchand d'art australien. On m'a dit que vous aviez une collection de pots antiques. Notamment certains du royaume des Francs.

— C'est exact. J'ai un pot ayant appartenu à Clodomir (fils aîné de Clovis Ier). Je vais vous le chercher, répondit Alphonse d'une voix blanche.

Sharkey sortit de son sac une loupe. Inspecta le pot pendant plusieurs minutes.

— Je suis désolé mais ce pot n'est pas authentique. Regardez le grain, là. Il montre que ces deux parties ont été assemblées avec de la barbotine riche en fer. En l'an 500, personne n'utilisait cette technique, mais un défloculant à base de zinc, qui laisse des traces bleutées. Si Clodomir a utilisé ce pot, alors je veux bien croire qu'il a aussi utilisé ma BMW garée dehors…

— Il date de quand selon vous ?

— C'est une vulgaire copie qui date, disons, au mieux du siècle dernier. Il vaut cinquante euros tout au plus.

— Il est à vous.

Sharkey s'empressa de payer et repartit satisfait. Après tout, une grande partie de son métier consistait à berner les incompétents. Ce potier ne connaissait pas suffisamment l'histoire de son métier, il payait le prix de son ignorance, voilà tout. Même Clodomir, qui avait présidé aux espérances familiales depuis des générations, le trahissait, pensa Alphonse, plus sombre que jamais.

Cette nouvelle déception décida Alphonse à reprendre sa vie en main. Toutes ces années perdues à déchiffrer des langues mortes dans des livres tandis que ses bois poussaient de mois en mois. Léonille devait bien se moquer de lui. Il voulait connaître le père de ses filles, l'amant de sa femme et le tuer.

Le lendemain, il quitta son atelier plus tôt, guetta la sortie de sa femme et la suivit... jusqu'à la maison de Gérard, son beau-frère. Il crut être sur une mauvaise piste, mais, quand il s'approcha lentement de la fenêtre, ce qu'il vit à l'intérieur le détrompa. Voilà trente ans que Léonille et son frère faisaient sauvagement l'amour... Toutes les semaines ? Peut-être même tous les jours.

Il comprit alors la logique de leur mariage. Ces deux-là s'aimaient depuis toujours d'un amour interdit. Léonille l'avait choisi, lui, le gars transparent du village, pour servir d'alibi. Dans son rôle de femme mariée, elle pouvait rester l'intime de son frère (vieux garçon, il comprenait enfin pourquoi). Tel un coucou, celui-ci avait pondu ses œufs dans le nid d'Alphonse. En tant qu'oncle, il pouvait voir ses filles quand il le voulait et les aimer à son gré. C'était bien joué.

Il eut la sagesse de repartir sans se faire voir, le temps de mûrir sa vengeance.

Le soir, le couple alla dîner chez Gérard comme ils en avaient l'habitude. Au cours de l'apéritif, Alphonse demanda à son beau-frère la permission d'utiliser son ordinateur afin de rechercher un modèle de pompe pour sa piscine. Devant le clavier, il ne put retenir un pincement au cœur en pensant aux deux amoureux assis ensemble sur le canapé, lieu de leurs ébats quelques heures plus tôt.

Il ouvrit le moteur de recherche et tapa les mots : « comment tuer une femme qui me fait chanter », « comment se débarrasser d'un corps », « comment faire disparaître un cadavre ». Sans même regarder les réponses, il créa un pseudo « anonymous8721 » et posta une question sur un forum de psychologie : « Ma maîtresse me fait chanter. Que me recommandez-vous ? »

Puis il éteignit l'ordinateur.

Le mercredi soir, Alphonse interpella sa femme.

— Demain, ils viennent couler la dalle de la piscine.

— Oui, enfin. C'est super !

— Mais il y a un problème avec le trou…

— Ah bon ? Quoi ?

— Viens voir.

Il s'effaça pour laisser passer sa femme. Elle se pencha devant le trou béant et demanda :

— Une pelle est restée au fond. Il faudrait l'enlever, non ?

Alphonse ne répondit pas et la poussa violemment dans le dos. Elle tomba sans un cri. Il sauta prestement, et avant même qu'elle prenne conscience de la situation il l'égorgea avec un couteau de cuisine. Léonille se vida rapidement de son sang, qui se mélangea à la terre.

Alphonse prit la pelle, creusa un trou dans la terre encore meuble, enfouit le corps de sa femme et le couteau. Il sortit de sa poche un boîtier à ultra-sons qu'il avait acheté l'après-midi même. « Au cas où, cela éloignera les chiens policiers », pensa-t-il. Il reboucha le trou et remonta, satisfait. L'affaire avait pris moins de dix minutes.

Il attendit dix-neuf heures pour appeler Gérard à son domicile. À cette heure-ci, le beau-frère était encore à son travail. Il tomba logiquement sur son répondeur.

« Bonsoir, Gérard, c'est Alphonse. Léonille n'est toujours pas rentrée. Je sais qu'elle devait passer te voir dans la journée pour une affaire importante. Je suis inquiet, rappelle-moi. » Comme à son habitude, son beau-frère ne rappela pas.

L'entreprise de maçonnerie débarqua le lendemain matin. Alphonse accueillit le chef de chantier, attendit le début des opérations et, quand il vit le béton couler, s'excusa de ne pas pouvoir rester.

— Ma femme n'est pas rentrée cette nuit. Je suis inquiet, elle devait passer chez son frère. Je vais aller voir.

En vérité, il fila directement au commissariat où il joua la comédie du mari paniqué. Le sergent le rabroua gentiment mais fermement.

— Nous ne pouvons rien faire pour vous, monsieur. Votre femme est majeure. Nous n'allons pas lancer un avis de recherche pour chaque personne qui découche une nuit !

— Mais c'est peut-être grave.

— Attendez trois mois. C'est la procédure. Si au bout de ce temps-là, vous n'avez eu aucune nouvelle, nous enquêterons.

Il archiva quand même la déposition d'Alphonse.

Le plan était parfait.

Revenu chez lui, Alphonse constata avec plaisir que la dalle en béton était coulée et que les ouvriers la lissaient.

— Laissez sécher trois semaines puis remplissez doucement, lui dit le chef de chantier en vérifiant le chèque.

C'est ainsi que l'érudit tua sa femme et cacha très opportunément son corps.

Trois semaines après, Alphonse remplit la piscine d'eau et prit son premier bain.

À Gérard, qui s'inquiétait de la disparition de Léonille, l'érudit avait raconté sa visite à la police et les consignes. Il lui promit d'y retourner début septembre, une fois les trois mois réglementaires écoulés.

Le dimanche 26 août, Alphonse constata une baisse du niveau de l'eau dans la piscine. Il manquait environ quinze centimètres. Pensant à l'évaporation accumulée pendant l'été, il refit le niveau. Le lendemain, il observa la même baisse. Il plongea et aperçut avec effroi une large fissure à l'endroit où il avait enterré le corps de sa femme. Pendant ces trois mois, le corps s'était progressivement décomposé jusqu'à perdre du volume. Une cavité creuse s'était formée à moins de vingt centimètres au-dessous de la dalle en béton, qui, sous le poids de l'eau, s'était fissurée sur toute la longueur de la ligne de faille. Simple effet mécanique.

Alphonse comprit qu'il n'avait que deux choix.

La piscine étant encore sous garantie, il pouvait très bien faire revenir l'entreprise de maçonnerie. Mais les ouvriers, en cherchant l'origine de la fissure, ne manqueraient pas de trouver le cadavre. Impensable.

L'autre solution était de ne plus utiliser la piscine. De profiter de l'hiver pour la vider, la transformer en quelque chose d'autre (quoi ? à cet instant, il n'avait pas d'idée).

C'est bien entendu la seconde option qu'il

retint. Pour ne pas éveiller les soupçons, il remplit la piscine chaque jour jusqu'à l'automne.

Comme convenu, Alphonse revint au commissariat le premier septembre, dès l'ouverture.

Une lieutenant l'accueillit à qui il redit toute son histoire. Le rendez-vous avec Gérard, le soir où elle ne rentre pas, le message à son beau-frère qui ne répond pas (curieusement), la déposition au commissariat dès le lendemain, la consigne d'attendre. Cette fois-ci, la jeune femme prit les choses au sérieux. Elle nota les noms des amis, des collègues de travail et des membres de la famille de Léonille en lui promettant de le rappeler.

Les enquêteurs n'eurent aucun mal à retrouver le message téléphonique d'Alphonse. Ils se penchèrent sur le cas du frère. Grâce à l'historique des recherches sur internet, ils trouvèrent les macabres questions posées par Alphonse sur l'ordinateur de Gérard.

— Nous avons un suspect. Votre beau-frère. Nous avons de bonnes raisons de croire qu'elle le faisait chanter.

— Gérard ? Impossible, vous devez vous tromper. Elle allait chez lui toutes les semaines. Pour quelles raisons ?

Huit jours plus tard, la jeune lieutenante exulta en lisant les résultats de l'analyse génétique qu'elle avait demandée.

— Monsieur, je crains que vous n'ayez sûrement un choc.

(Un psychologue avec une tête de labrador était assis à ses côtés).

— Je vous écoute.

— Nous venons de faire un test de paternité sur vos deux filles. Vous n'êtes pas le père. C'est votre beau-frère, le père des deux filles. L'ADN est formel. Il sera poursuivi pour le viol de sa sœur. Elle voulait le dénoncer. Il l'a assassinée.

Alphonse se tut. Prostré sur sa chaise, il fixa la tasse à café du lieutenant. Bégaya puis se tut. Le psychologue s'approcha, posa une main sur son épaule droite et lui parla doucement. Alphonse, silencieux, basculait son buste d'avant en arrière. Lentement. La scène dura une demi-heure, à la suite de quoi Alphonse repartit entre deux blouses blanches. Il resta cinq jours à l'hôpital sous tranquillisants. C'était le prix à payer.

À sa sortie, il apprit que son beau-frère avait été mis en détention provisoire. Une bonne chose car l'affaire avait rencontré un écho considérable dans la région et les menaces de mort pleuvaient. L'avocat de Gérard lui avait expliqué que la prison le protégerait de la vindicte. Erreur. Gérard ne supporta pas la honte, la perte de son amour de toujours et la lubricité de ses trois codétenus. Il se pendit dans les toilettes de la maison d'arrêt. Personne ne sut le fin mot de l'histoire.

C'est ainsi qu'Alphonse se vengea de sa femme adultère et de son beau-frère.

À compter de ce jour, il fréquenta le bistrot et taquina la bouteille. Les gens lui pardonnèrent volontiers cette faiblesse. Il continua à travailler le matin à la boutique : la terre l'appelait, l'argile coulait toujours dans ses veines. Il arrêta ses travaux sur l'archéo-acoustique même s'il poursuivit l'apprentissage de nouvelles langues mortes. Par habitude et par vice.

C'est à cette époque qu'il se lia d'amitié avec le colonel et l'avocat au barreau. Il apprit les règles compliquées du capateros dans sa variante chilienne et devint un excellent joueur. On prétend même qu'il enchaîna un jour, dans la même partie, un double valet cinquante-six suivi d'un nord-nord-sud de toute beauté.

Quand je fis leur connaissance, je remplaçai à leur table de jeu un ancien lutteur serbe disparu aussi vite qu'il était venu. On m'a raconté son histoire mais je ne m'en souviens plus : j'ai perdu le caillou. Ils me jaugèrent toute une soirée puis m'acceptèrent parmi eux.

UNE VÉRITÉ

— Cette pauvre femme est donc enterrée au fond de la piscine ? dis-je en observant les tomates.

— Eh oui. Au printemps suivant, Alphonse fit combler la piscine parce que, disait-il, cela lui rappelait trop sa femme. Un cadeau qu'il voulait lui faire pour leur anniversaire de mariage, etc. Les voisins respectèrent cette curieuse forme de deuil.

— En somme, le crime parfait.

— Oui.

Inquiet, je regardai Margaux plongée dans ses pensées.

— Ça va ?

— Tu veux dire, par rapport à ma mère ?

Florin rompit le silence :

— Pascal m'a raconté ce qui s'est passé quand tu avais six ans. J'espère que mon histoire n'a pas remué de trop mauvais souvenirs.

Il y a toujours plusieurs histoires pour une même vérité. Margaux nous donna l'occasion de le vérifier.

— La part de gâteau et l'enfant frustrée c'est une version simplifiée. Je n'ai jamais raconté dans les détails ce qui s'est passé ce jour-là. C'est resté enfoui très profond. Depuis quelques mois, ça remonte. C'est dur.

Florin et moi échangeâmes un rapide regard. La jeune fille détacha ses cheveux bruns et refit sa queue-de-cheval. Sans doute une diversion pour ne pas pleurer.

Enfin, elle parla.

Quand le drame est arrivé, son père et sa mère se disputaient. À vrai dire, ils se querellaient souvent. Comment ces deux-là s'étaient-ils aimés un jour ? Lui, le solitaire, le philosophe, méprisait les arts, le beau, le jardin en fleurs, la cuisine raffinée, la nature au printemps et les oiseaux tremblant sous la neige. Elle, la fleur bleue, pleurait aux premiers narcisses, caressait la pelouse du bout des doigts et se baignait nue pour sentir l'eau tiède envelopper son corps. Elle ne vivait que de contacts sensuels avec les choses ou avec les gens.

Margaux était née de ce malentendu plusieurs fois millénaire. Conscients de cette discordance, les parents faisaient survivre leur couple pour préserver leur fille – emplis de rancœur réciproque. Ressentiment toxique pour cet homme qui chérissait le calme et la solitude. Désillusion pour cette femme qui prisait l'harmonie et les contacts.

Margaux était à table et regardait ses parents. Comment les aider ? Comment faire cesser ces querelles ? Pouvait-elle, elle, la petite fille, adoucir leurs différends, devenir le point focal de leur amour, leur faire retrouver le grand accord des contes ?

À six ans, la conscience aiguë qu'elle avait de son rôle n'était qu'un signe supplémentaire de sa précocité. Elle voulut créer un électrochoc. Leur montrer qu'elle était là. Fruit de leur amour. Qu'ils formaient une famille.

Sur la table, elle avisa les clefs de la toute nouvelle voiture de son père et le rouge à lèvres de sa mère. Elle imagina jeter dans la piscine l'un ou l'autre objet. Des clefs et du rouge à lèvres, lequel ferait cesser la dispute ? À ses yeux, le bâton et la voiture avaient la même valeur. Quand elle prit les clefs, elle ne s'avoua pas qu'elle préférait la tendre chaleur de sa mère qui, la veille encore, l'avait serrée dans ses bras et couverte de baisers parce qu'une vilaine bestiole l'avait piquée.

Elle jeta les clefs dans l'eau.

— Arrêtez de vous disputer. Je suis là !

Ses parents s'arrêtèrent instantanément de crier. Effet réussi.

Son père regarda les vaguelettes provoquées par les clefs. Puis, d'un air mauvais, il prit la poupée de Margaux et la lança à son tour dans la piscine.

Cette poupée que la fillette avait reçue pour ses deux ans. Sa première poupée, qui ne savait pas nager. Qui était toute habillée et qui allait sans doute se noyer.

Margaux hurla.

Sa mère foudroya son père du regard.

— Tu es encore plus con que ce que j'imaginais ! Tu n'as pas compris qu'elle voulait nous aider ?

Sans attendre la réponse du mari hébété, elle enleva sa chemise et plongea dans l'eau froide. Le choc thermique provoqua l'arrêt cardio-ventilatoire. Sa tête, poursuivant le mouvement du plongeon, cogna contre le fond du bassin. Margaux se souvint longtemps du bruit sourd qu'elle fit.

Puis, doucement, le corps remonta à la surface, le dos face au ciel. Les longs cheveux détachés s'étalaient comme une gigantesque araignée noire.

Le père mit quelques secondes à comprendre la situation. Il se leva brusquement. La chaise en bois tomba par terre. Margaux sursauta.

Il tira sa femme hors de l'eau et, sans un mot, courut téléphoner au SAMU.

Margaux s'approcha du corps étendu en clignant des yeux sous le soleil de plomb.

— Maman, tu m'as pas ramené Poupouce…

Elle attendit le retour de son père en tenant la main de sa mère inanimée.

L'ambulance arriva. Rapidement, les urgentistes intervinrent. Bouche-à-bouche. Massage cardiaque. Perfusion. Poupouce continua de dériver dans la piscine jusqu'à obstruer la prise balai. Quand un monsieur habillé en blanc recouvrit le corps de sa mère d'une couverture argentée, Margaux comprit qu'elle ne la reverrait pas de sitôt.

Si Margaux avait choisi le bâton de rouge à lèvres, sa mère serait encore en vie. Si sa mère n'avait pas préparé de la tarte au citron, Margaux n'aurait pas amené Poupouce à table pour lui en faire goûter (c'était son dessert préféré). Si Poupouce n'avait pas été là, son père aurait trouvé un autre exutoire à sa colère. Et si tout ça, sa mère serait encore en vie.

Les *si* sont des carrefours invisibles dont l'importance se manifeste trop tard.

Je saisis la main de Margaux et la serrai fort. Elle me sourit. Florin, lui, la fixait d'un air énigmatique. Bien malin qui pouvait y déceler quelque chose.

Il gagna la cuisine et revint avec un broc d'eau fraîche. Cela nous fit du bien.

Margaux regarda la piscine-potager. Elle eut la sagesse de rompre le silence.

— Florin, comment se fait-il que tu sois devenu le propriétaire de tout ça ?

Florin alla chercher dans son bureau un autre bocal. À son retour, je n'avais toujours pas lâché la main de Margaux.

Il y plongea ses doigts et en sortit un caillou. Pensif, il joua avec en le faisant rouler lentement entre son pouce et son index comme l'on tourne et retourne le prénom d'une femme dans sa tête avant de s'endormir. Puis il posa sur la table ce nouveau fragment de mémoire.

— J'ai gagné cette maison aux cartes. Lors d'une fameuse partie de capateros qui dura trois jours.

Le soleil dardait ses rayons. Je me sentais bien, tout entier gagné par la puissance narrative de l'homme aux cailloux.

Florin commença alors le récit de cette incroyable partie de cartes. J'ignorais tout des règles de ce jeu chilien mais cela ne m'empêcha pas de boire ses paroles.

Jeudi 26 juillet

Petit carnet, hier, j'ai raconté la vérité à Pascal et à Florin.

En me couchant, j'ai repensé à un poème rédigé quand j'étais au collège.

« Le monde serait vraiment meilleur
Si les si n'étaient pas des leurres.
Si, à cette lointaine bataille,
Un ancêtre avait récolté la grenaille,
Reçu par un autre infortuné,
Mort pour s'être trop tôt retourné,
Je ne serais pas là à gémir,
Et serais aussi vide qu'Ymir.
Les si au venin sont semblables,
Nourrissent un destin pendable,
Les si hypothèquent un passé,
Et volent un présent sclérosé. »

Florin n'a pas ce problème. Il choisit ses cailloux. Il choisit ses souvenirs. Avec lui, les si perdent leur puissance maléfique. C'est un sorcier qui se joue du temps. C'est à la fois séduisant et effrayant.

Pourrais-je vivre ainsi ? Décider d'oublier un souvenir douloureux ? Rendrais-je vraiment hommage à maman si j'oubliais ma responsabilité ? Pourrais-je effacer son dernier visage ?

Je m'interroge. Oui, je pourrais tourner la page. L'oubli me ferait avancer plus vite. Mais pour aller où ? Dois-je privilégier le chemin ou la destination ?

Bonne nuit, petit carnet. Dehors, la voûte est pleine d'étoiles, mais aucune n'est là pour m'indiquer la bonne direction.

LE VALET DE CŒUR

Comme d'habitude, ils avaient commencé le vendredi soir par jouer quelques piécettes.

Au petit matin, chose incroyable, ils atteignirent tous les quatre dans le même tour les mille points. De mémoire de joueur, personne n'avait jamais vu cela. Il faut dire que les règles chiliennes favorisent structurellement les forts écarts. Par exemple, quand un joueur fait un pique de trois, l'autre combine naturellement un nord-nord-cœur qui lui assure une confortable avance.

Que faire en cas d'égalité ? Ils demandèrent son avis au barman qui avoua son ignorance en chicanant.

L'avocat proposa de continuer jusqu'aux deux mille points.

La partie traîna. Sur le coup de onze heures du matin, ils montèrent dans les chambres pour se reposer une heure. Adèle, la vieille pharmacienne, retint l'avocat jusqu'à midi et la partie reprit.

Nos quatre joueurs n'avaient plus d'argent, ni pour miser ni pour payer les consommations. Ils annulèrent les mises précédentes et commandèrent des pichets de vin du pays. Il leur fallait du gros grain pour tenir la distance.

L'après-midi passa mollement. Dans la pénombre tranquille de la salle, le monde tournait au ralenti. Le ventilateur ventilait, les mouches assoupies digéraient et nos amis jouaient. Pas de grande manœuvre, pas d'attaque brutale, chacun laissait venir. Le colonel eut un brelan, mais il le gâcha par une combinaison ouest-trèfle surprenante. Florin faillit faire un capateros de huit mais il lui manqua le cinq de pique. La partie s'enlisa dans de la terre grasse.

Vers vingt heures, les joueurs mangèrent une assiettée de choux et de pommes de terre offerte par le patron. Quelques curieux s'agglutinaient.

À onze heures du soir, le score était très serré : 1 805, 1 810, 1 790 et 1 830 pour l'érudit.

On bougea les chaises, on fit cercle autour des joueurs. Si la dernière réimpression de *L'anthologie des parties de capateros* ne datait pas de 1931, cette partie aurait largement mérité d'y figurer. Son auteur, Carlos Jose Miguel Pilar-Pilar Gonzalez de Benitez, reste irremplaçable.

Parmi les spectateurs, c'est Joseph qui paria le premier. Il misa cent francs sur l'érudit, Marco préféra le colonel, les autres suivirent. Les joueurs retroussèrent leurs manches. L'ambiance devint plus lourde. Les paroles plus rares. Les sens s'aiguisèrent. Les hommes vivaient. Ce soir, on miserait gros.

À cet instant précis, au moment où la tension était à son paroxysme, la pauvre Berthe eut le malheur de réclamer les services de l'avocat. Branle-bas de combat dans le bar. On cria au sacrilège, au blasphème, à l'hérésie et on fustigea la femme débauchée. Le barman la pria d'aller se contenter ailleurs ou de prendre une douche froide. Pour la première fois en vingt-cinq ans, il ferma l'établissement du haut.

On dit que la foudre ne frappe jamais deux fois au même endroit. Pourtant, véritable défi aux probabilités, les quatre capatéristes firent une seconde partie nulle.

On réveilla le vieux Barnabé, le doyen de cent treize ans, qui avait introduit ce jeu dans la vallée et qui conservait jalousement le seul exemplaire connu du chef-d'œuvre de Carlos Jose Miguel Pilar-Pilar Gonzalez de Benitez. Il affirmait devoir sa longévité à un mélange totalement imbuvable d'ail pilé, de curcuma, de citron, d'huile d'olive et de bicarbonate dont il se nourrissait matin, midi et soir. Mais tout le monde savait qu'il buvait en cachette un verre de vin rouge avant de s'endormir, et que là résidait son vrai secret. Bien des années plus tard, le jour de sa mort, l'exemplaire de l'anthologie resta introuvable malgré les recherches du cercle des joueurs de capateros. Certains affirmèrent que le vieux l'avait emporté dans sa tombe. D'autres qu'il avait été volé lors de la veillée funèbre.

Pour l'heure, puisqu'il vivait encore, on apporta son fauteuil roulant devant la table de jeu et Barnabé confirma de sa voix chevrotante que, de mémoire d'homme, jamais une telle situation ne s'était produite. Il se souvenait d'une partie nulle, en 1936, une seule, mais on découvrit qu'un des joueurs avait triché et il finit dans le goudron et les plumes : on savait rire en ce temps-là. Profitant de cette notoriété soudaine et inespérée, le vieux Barnabé s'apprêtait à enchaîner les anecdotes mais on relégua son fauteuil dans un coin et l'ancêtre fut oublié malgré ses protestations inaudibles.

Sans doute est-ce cette nuit-là que, vexé, il prit la décision de disparaître avec l'anthologie de Carlos Jose Miguel Pilar-Pilar Gonzalez de Benitez, puisque personne ne s'intéressait à sa sapience. C'est ainsi que l'humanité ignorera pour toujours ce qu'il lui arriva le 1er février 1901, le jour où il rencontra le tout jeune Pablo Ruiz Picasso au cabaret *Els Quatre Gats* à Barcelone. Il y a plus d'histoires extraordinaires enfouies dans un cimetière que dans les livres d'une bibliothèque. Que Dieu ait son âme et que quelqu'un retrouve son anthologie.

Les paris culminaient désormais à plus de mille francs. Une somme vertigineuse pour les paysans de la vallée. La bière coulait, chacun y allait de son commentaire, on releva le plafond de la partie à trois mille points. L'excitation était à son comble. Les hommes étaient entiers. Vers deux heures du matin, le barman, arbitre improvisé de cette rencontre, autorisa un repos d'une demi-heure. Malgré l'heure, le bar ne désemplissait pas.

Puis il sortit sa bouteille de rhum vénézuélien pour les joueurs. Il le fallait.

La boisson leur redonna un coup de fouet et l'érudit s'envola à 2 700 points. Malheureusement, il enchaîna trois contre-performances : un cœur-cœur en paire croisée et deux alignements malheureux de huit-nord. Florin le rattrapa.

Dimanche midi, Florin avait 2 860 points, l'érudit 2 750 et les deux autres végétaient au-dessous des 2 300 points.

Aucun ne misait plus d'argent. Ils avaient les poches vides. Ils misaient des promesses. D'abord les bottes, puis les montres, puis les voitures.

Au dernier tour, l'avocat et le colonel se couchèrent juste après la distribution des cartes. L'érudit mit en jeu sa maison avec piscine et Florin celle de ses parents, là-haut, à Rambarane.

Une cinquantaine de personnes les observaient dans un silence monacal.

L'érudit coupa. Florin retourna sa carte posément : La Hire, le valet de cœur.

Il terminait par un capateros à cœur. Applaudissements dans la salle. L'argent des paris transita de main en main dans un brouhaha indescriptible.

— Ainsi, c'est donc toi, La Hire, qui me trahis ? dit l'érudit d'un ton amusé.

— Il en faut un, répondit Florin.

— Bah, j'aime autant que ce soit lui…

— Pourquoi ?

— Je t'expliquerai. Allons chez moi dormir un peu.

Les deux hommes allèrent chez l'érudit et dormirent douze heures d'affilée. Le lundi soir, l'érudit tendit à Florin les clefs de la maison.

— Tiens, tu les as gagnées.

— Écoute, l'érudit, ça me gêne…

— Ne t'inquiète pas pour la maison, il y a quelque temps déjà que je voulais m'en séparer.

— Vrai ?

— Si tu as tiré le valet de cœur, c'est que je l'ai bien voulu…

— Tu as triché pour me faire gagner ?

— En cours de partie, je me suis dit que perdre ainsi ma maison me donnerait une raison parfaite pour quitter la vallée, changer de vie une bonne fois pour toutes. À cause de la piscine-potager, je ne peux pas vendre la maison à n'importe qui, tu comprends ? Ne m'en veux pas, mais je sais que toi, au moins, tu n'iras pas la remplir d'eau.

Florin tira sur sa pipe en souriant.

— Tu es un malin et je m'en tire bien avec cette belle maison. Ne t'inquiète pas, je cultiverai toujours tes tomates. Je ne suis pas homme à exhumer le passé. Mais une question me taraude.

— Je t'écoute.

— Pourquoi m'avoir servi spécialement le valet de cœur. Hier, tu semblais y attacher une importance particulière…

— Dans la collection familiale de pots, il y en a un qui a appartenu à La Hire, le chevalier qui donna son nom au valet de cœur. Mon grand-père et mon père m'ont raconté son histoire au moins deux cents fois. Gamin, c'était ma préférée… Alors, que veux-tu, ça m'a marqué. Je dois devenir nostalgique avec l'âge…

L'érudit raconta alors le destin de La Hire, connu sous le nom d'Étiennes de Vignolles.

En 1430, Jeanne d'Arc avait dix-huit ans. Contrairement à ce que disent les livres d'Histoire, c'était une belle jeune femme, avec un minois très fin et de belles formes là où il faut. (L'érudit fit les gestes qu'il fallait pour se faire comprendre.) Bon nombre de bergers, de valets, de chevaliers, de rois et même d'abbés tentèrent de lui montrer le chemin des étoiles, mais elle avait des principes et résista à leurs avances. D'ailleurs, la légende affirme qu'elle mourut pucelle. Moi, je n'en jurerais pas.

Un peu avant 1429, Jeanne rencontra deux hommes qui ne la quittèrent plus jusqu'à sa mort en 1431. Le premier était Gilles de Montmorency-Laval, plus connu sous le sinistre nom de Gilles de Rais. C'était alors un jeune homme de vingt-cinq ans tout à fait recommandable. Il possédait plusieurs titres de seigneurie et était reconnu comme un des plus valeureux chevaliers de sa génération. À la suite de la guerre de Cent Ans, il fut d'ailleurs promu « maréchal de France ». Bel homme, il multipliait les conquêtes féminines sans jamais se marier. Il s'amusait en attendant la perle qui mériterait son nom. Cette exubérance virile rassurait Jeanne, elle se sentait bien à ses côtés, prête à conquérir le monde. Mais Gilles était tombé amoureux de Jeanne dès leur première rencontre, éperdument. Il ne s'était engagé à ses côtés que dans le but inavoué d'en faire sa femme.

Étienne de Vignolles fut le second homme dans la vie de Jeanne. Dès 1429, il l'accompagna dans toutes ses batailles et lui sauva même par deux fois la vie. Plus âgé que Gilles (il avait quarante ans au moment des faits), il compensait sa maturité par une jovialité et une spontanéité fort appréciées. Jeanne éprouvait pour lui une tendresse filiale, non sans trouble lorsqu'ils se trouvaient ensemble. Une force magnétique la retenait près de lui. De son côté, Étienne vit en Jeanne la femme qu'il attendait depuis si longtemps.

Jeanne voulait devenir femme, rester pucelle n'est pas une vocation. Mais entre les deux, qui choisir ?

Les trois furent vite inséparables. Main dans la main, Jeanne, Étienne et Gilles faisaient de longues promenades en forêt. Jeanne s'amusait de la compétition entre les deux hommes. Ils s'estimaient trop pour se nuire et jouaient volontiers ensemble dans l'espoir que, un jour, Jeanne choisisse. Mille fois, ils se sauvèrent la vie. Mille fois, ils s'étreignirent de joie. Mille fois, ils se firent des serments éternels. Jamais on ne vit de trio plus uni tout au long du Moyen Âge.

Un jour de septembre 1430, ils chassaient tous les trois dans la forêt de Pouzauges, sur les terres de Gilles, quand ils rencontrèrent une vieille femme accroupie près d'un chêne. Gilles dégaina son épée et s'approcha du vieux manteau rapiécé qui leur tournait le dos.

— Hé, la vieille ! Que fais-tu sur mes terres ?

Avec une vivacité étonnante, la femme se releva et lui fit face. Son visage n'était que rides et ses mains osseuses pendaient le long d'un corps informe. Tout en elle était miséreux et repoussant.

— Tu braconnes sur mes terres ! dit Gilles

avec force en désignant de la pointe de l'épée un piège recouvert d'une poignée de feuilles au pied de l'arbre.

— Ne vous fâchez pas, seigneur, je ne fais de mal à personne.

Les deux amis se rapprochèrent. Étienne se pencha :

— C'est un piège à serpents. Cette femme n'a pas voulu te voler ton gibier, l'ami.

— Peut-être, mais elle a braconné sur mes terres, malgré l'interdiction formelle.

Jeanne demanda naïvement :

— Quel est l'intérêt d'attraper des serpents ?

Gilles eut le regard mauvais. Il s'approcha de la vieille et d'un coup sec écarta le pan droit de son manteau. Il découvrit une baguette de buis coincée sous une large ceinture de cuir.

— J'ai l'impression que nous avons affaire à une sorcière… Les serpents, Jeanne, sont des animaux maléfiques. Depuis Ève, le serpent symbolise le péché. Tu es trop pure pour le savoir, dit-il en souriant.

La vieille recula d'un pas. De son épée, Gilles l'obligea à relever le menton. Une haine subite, irrésistible, venue de nulle part, l'envahit.

— Ne bouge pas, tu sais le sort que nous réservons aux mauvaises comme toi !

Celle-ci ferma les yeux. Subitement, les grillons se turent, la forêt tout entière plongea dans le silence et la terre trembla doucement.

Redoutant quelque maléfice, Gilles arma son bras pour lui trancher la tête. Son fer fut arrêté juste à temps par l'épée d'Étienne.

— Non, Gilles ! Épargne-la. C'est une pauvre femme. Passons notre chemin et oublions-la.

Gilles regarda Jeanne. L'émotion la rendait plus pâle encore que d'habitude.

— Il a raison. Laisse-la partir. S'il te plaît, murmura Jeanne en baissant les yeux.

Gilles rengaina sa lame en soupirant, fixa la vieille dans les yeux et recula d'un pas.

— Vous êtes trop bons, mes amis. Jamais vous ne vous ferez respecter.

La vieille s'agenouilla. Elle les remercia d'une voix soudain très claire :

— Mademoiselle, vous êtes sensible et innocente. Vous resterez à jamais le symbole de la pureté.

Puis elle baisa les pieds d'Étienne.

— Quant à vous, je vous remercie pour votre clémence. Je vois en vous l'esprit de la Chevalerie. Vous personnifiez le cœur et la bravoure.

Enfin elle se tourna vers Gilles.

— Mon bon seigneur, je sens une sombre flamme qui brûle en vous. Grande est votre colère. Prenez garde de ne pas être possédé tout entier par le Mal.

Un corbeau croassa. Les grillons se remirent à chanter et la vieille femme disparut.

Ils rentrèrent au château, silencieux. Les mots

de la sorcière résonnaient dans leur tête comme une prophétie.

Un an plus tard, Jeanne d'Arc mourut dans les conditions que l'on sait. Brûlée vive avant de connaître l'amour, elle resta pour toujours la pucelle d'Orléans, symbole de la pureté.

Fou de colère et de tristesse, Gilles de Rais rentra chez lui et ne trouva rien de mieux que de s'initier à la sorcellerie pour trouver le moyen de ressusciter sa bien-aimée. N'y parvenant pas, il sombra dans une sordide folie et viola des dizaines de jeunes enfants, qu'il tua ensuite. Paraît-il que posséder ces jeunes garçons lui rappelait Jeanne et sa coupe « au bol ». Il les brûlait ensuite afin de reproduire la mort de son aimée. Il fut condamné pour le meurtre de cent quarante enfants. Il personnifia pour toujours la barbarie.

Étienne de Vignolles, surnommé La Hire, fut capturé en même temps que Jeanne d'Arc mais réussit à s'échapper. Il continua de se battre jusqu'à sa mort. Ses faits d'armes restèrent célèbres et son nom devint synonyme de bravoure. Rapidement, son surnom fut choisi pour désigner aux cartes le valet de cœur, symbole de l'amour, de la fidélité et de la bravoure. Modèle des valeurs de la chevalerie, il reste inégalé depuis le XVe siècle.

Mon père, conclut l'érudit, pensif, finissait immanquablement l'histoire par :

« Ainsi, la prédiction de la sorcière fut-elle accomplie. Chacun va vers son destin. Ne l'oublie jamais, mon fils.

— Je ne connaissais pas cette version, répondit Florin. Mais cela me donne une idée : ta maison, je vais la rebaptiser. Désormais, on l'appellera "La Hire". »

L'heure de l'apéritif approchait. À écouter Florin, l'après-midi avait filé à toute vitesse. Nous avions soif.

— C'est une sacré histoire, je ne la connaissais pas non plus, dis-je en soupesant le caillou.

— Mais qui nous dit que Jeanne n'a pas couché avec ces deux hommes ?

La question, venant de Margaux, adolescente et vierge – du moins, je le crois –, avait de quoi surprendre.

— Après sa condamnation, des sœurs l'ont examiné. Sa virginité fut un précieux argument pour sa défense, précisai-je.

Margaux pouffa.

— Oui, si on veut. Entre nous, ça n'aurait pas changé grand-chose à son sort si elle avait couché avec eux…

Elle n'avait pas tort, la gamine.

Nous baissâmes les yeux. Sans doute par pudeur.

Sans nous concerter, nous sortîmes nos pipes et nos blagues à tabac. Le vin léger de Loire que Florin était allé chercher nous apaisa. Margaux avait réclamé une grenadine.

— À ton âge, tu ne bois toujours pas de bière ou de vin ?

— Non. J'attends sagement mes dix-huit ans, répondit-elle, malicieuse.

— Et c'est pour quand ?

— Dans six jours !

Cette annonce enchanta Florin. Je crois que, au fond de lui-même, il aimait bien la petite.

— Dans six jours, je sortirai de ma cave un château yquem, un blanc merveilleux que je gardais en ton honneur !

— Menteur !

— Je le gardais pour une grande occasion. Ton anniversaire est la plus belle chose cette année.

Je réagis :

— Pour sa première fois, goûter un château yquem, ce n'est pas banal.

Florin me fit un clin d'œil.

— Elle mérite ce qu'il y a de meilleur, non ?

Nous rîmes, surtout du ton emphatique que Florin avait employé.

— Que veux-tu comme cadeau ?

— Je ne sais pas. Une rentrée universitaire

normale. Avoir mon permis de conduire. Passer sous les radars de la vie.

Florin plissa les yeux.

— Que veux-tu faire plus tard ?

— Je ne sais pas encore. Et toi, quel a été ton métier préféré ?

L'homme qui ramassait des cailloux poussa un long soupir.

— J'ai fait tellement de choses inintéressantes dans ma vie…

Étrange personnage. Son physique de vieil officier ne collait pas avec le flegme qu'il affichait. Il m'intriguait. D'habitude, nos souvenirs sont invisibles, nos secrets bien gardés au fond de notre cerveau. Lui les offrait ici, sur cette table. Ses cailloux étalés exposaient sa vie privée, ses histoires et ses passions. Difficile de résister à la tentation d'en savoir plus :

— Des choses inintéressantes ? C'est-à-dire ?

— Cela nous emmènerait trop loin… Mais tu sais, un homme qui ne ressent pas d'émotions peut faire tous les métiers. Surtout, je l'ai dit, ceux dont personne ne veut.

Aiguillonné, je remplis son verre.

— Quel métier, par exemple ?

— À vingt ans, j'ai été homme à tout faire dans un cimetière. J'y ai vu des choses pas très jolies-jolies.

Margaux réagit :

— Tu aurais pu choisir un autre métier quand même.

— La vie n'est pas si simple, souvent nous nous laissons guider par les événements. En l'occurrence, cela remonte à mon enfance, ce maudit coma. De toute façon, si l'on veut être honnête, rares sont les véritables occasions de choix.

Le temps menaçait et je le sentais nerveux. Je remontai chez moi chercher le fromage tandis qu'il descendait prendre le bordeaux. Margaux, elle, en profita pour enfiler un joli chemisier blanc. Je fus heureux de cet effort vestimentaire, cela prouvait qu'elle reprenait goût à la vie.

Nous nous retrouvâmes autour de la table en chêne de la cuisine. Au mur, je remarquai une photo de Florin au bras d'une femme superbe : longs cheveux noirs bouclés, yeux verts, et un sourire d'amoureuse. De ceux qui ne mentent pas. La femme des photos dans le couloir. En bas du cadre, on pouvait lire : « Emma, Colorado, 2004. » Qu'était-elle devenue ?

Une ampoule sous-dimensionnée pendue au-dessus de nos têtes éclairait chichement la table. La pluie tambourinait sur les carreaux. Une atmosphère propice aux grandes confidences. Il posa quatre bocaux à côté de la bouteille et du fromage.

Il n'était pas là pour briller, n'attendait rien de nous. Même si nous n'avions pas été avec lui, il aurait peut-être sorti ses pots et révisé en silence ses souvenirs. Une sorte de gamme. Ou d'exutoire.

Dans le premier pot, il piocha un galet et le massa avec volupté. Margaux le regardait faire et retenait son souffle.

TARANIS

Je suis né en 1953 dans le hameau de Rambarane, sur les hauteurs de Cahirny.

À cette époque, Rambarane comptait environ trois cents habitants, pour la plupart des agriculteurs ou des artisans, répartis en une soixantaine de foyers. Un prêtre, un jeune médecin, une vieille institutrice, deux bars, une église, une école, un bureau de poste, des familles désunies et de plus en plus mécréantes, d'anciennes querelles : voilà à quoi ressemblait l'endroit où j'ai grandi.

Le premier poste de gendarmerie se trouvant à plus de vingt kilomètres, le village ronronnait dans l'autarcie. Nous autres, nous en étions convaincus, nous n'avions pas besoin d'étrangers pour vivre comme bon nous semblait.

J'aurais pu avoir une enfance normale, si Taranis, la divinité gauloise de la pluie, ne nous avait pas joué un curieux tour : de 1956 à 1968, il plut tous les jours sans discontinuer. Le soleil ne se montra pas une seule fois.

Curieusement, cette pluie n'affecta que notre village et ses alentours immédiats. Les autorités du département considéraient depuis fort longtemps Rambarane comme un refuge haut perché de paysans bourrus et dégénérés par des siècles de croisements incestueux, et aucun visiteur ne prenait le risque d'emprunter ces petites routes sinueuses. Ainsi, personne ne connut ni ne se soucia du sort des villageois qui affrontèrent cette épreuve avec courage, refusant par honneur d'aller quémander de l'aide.

Passé les premières semaines de pluie – c'était en avril –, les villageois commencèrent à se lasser. Le blé menaçait de pourrir et la terre argileuse n'évacuait plus les mares géantes qui se formaient. On pensa d'abord à une mauvaise année. Les anciens en avaient vu d'autres.

En juillet, point de fruits, ni fraises, ni cerises, ni abricots, faute de soleil. On ressortit les conserves de l'an dernier.

Puis vint l'automne. Les champignons sortirent en abondance, redonnant de l'espoir aux villageois. Il y a toujours un peu de sorcellerie derrière les champignons.

L'institutrice, sollicitée pour son savoir, ne put qu'avouer son ignorance.

Les paysans commencèrent à abandonner les

champs détrempés. Au café, les gens disaient en plaisantant qu'ils allaient faire pousser des nénuphars. Ils ne croyaient pas si bien dire ! Au bout de neuf mois de pluie, les terres étaient recouvertes d'une sorte d'algue verte et des feuilles larges comme des nénuphars s'étalaient çà et là.

Le village sortit alors de sa léthargie.

Les hommes construisirent des passages couverts pour circuler. On commença par relier le bar à la place de la fontaine, puis, progressivement, des mètres et des mètres de toits d'ardoise s'alignèrent pour former de véritables allées couvertes.

Le long préau de l'école fut réquisitionné pour être transformé en potager. Une fois la terre séchée (elle mit plus de vingt jours à dégorger), on planta les légumes dont on faisait la soupe. Idem sous la halle couverte du marché où l'on planta les patates.

Le maire comptabilisa les poules, les lapins et les oies. Face à l'adversité, tout le monde décida de se serrer les coudes et plancha sur l'idée d'une vaste coopérative. Les granges inhabitées servirent d'entrepôts pour la nourriture et les larges cheminées se mirent à fonctionner toute la journée afin de sécher ce qui devaient l'être : le bois, la terre, les rares plantes récoltées et les habits après la lessive. Les rôles furent redistribués. Un ex-viticulteur se trouvait désormais chargé du séchage de la terre (il en fallait toujours), un ex-laboureur devenait ramasseur d'œufs (il y a pire).

Dès le milieu de l'année 1957, cette organisation prouva son efficacité : les villageois purent de nouveau circuler sans se mouiller et la récolte fut correcte, même si les anciens trouvaient que les légumes avaient perdu de leur saveur. La pluie continuait de tomber mais le village se remit à espérer.

1957 et 1958 furent des années de transition. En 1959, tout était calé : le village avait retrouvé son train-train et les habitants reprirent l'habitude de commérer ou de se quereller à propos d'histoires anciennes. Ils ne parlaient plus de la pluie, ne la remarquaient plus : ils vivaient avec.

Plus personne ne se rendait au « sale », nouveau nom pour le dehors, vaste champ de boue uniforme où les fines algues avaient pris le dessus sur toute autre forme de végétation.

Comme le village se trouvait sur une butte, l'eau ne pouvait pas trop stagner. Elle ruisselait sur les flancs et Dieu seul sait où elle finissait sa course.

Une partie alla noyer le cimetière. Ce fut l'une des principales nuisances de cette époque difficile. Excentré du village et légèrement en contrebas, les lieux furent rapidement inondés. Fin 1957, les derniers visiteurs qui eurent le courage de s'y rendre rapportèrent que l'eau avait infiltré les caveaux, que les tombes se fissuraient et que les cercueils remontaient à la surface. À vrai dire, cette situation embarrassait les villageois plus que les occupants du cimetière : voir tous ses morts ressurgir n'était pas de bon augure. Une rumeur de peste se propagea. Le médecin rassura la population : un mort ne pouvait pas tomber ou retomber malade. Par précaution, le maire décida d'interdire l'accès au lieu tant que la pluie continuerait. Ce fut une façon pudique d'abandonner nos ancêtres à leur triste sort aquatique.

Les hommes sont ainsi faits qu'en 1967, lors de l'apparition de la première éclaircie, les villageois doutèrent de l'existence du soleil. Certains anciens prétendaient même que la pluie avait toujours existé, même pendant leur enfance. D'autres affirmaient qu'ils se souvenaient d'autre chose sans pouvoir en dire davantage. Tout le monde s'accordait sur un point : la pluie n'était, somme toute, pas si contraignante.

Nous autres, les enfants, avions grandi dans cet univers gris. Nous ne connaissions que l'eau, le sale et le dedans. Contrairement à ce qui se passait dans les autres villages, nous ne pouvions jouer « dehors », courir, sauter, grimper aux arbres, torturer les sauterelles ou jouir du soleil sur nos corps nus. Rien de tout cela n'existait et nous nous en fichions. L'école restait l'école et une remise vide nous servait de terrain de jeu. Les murs peints par nos soins égayaient l'endroit.

L'enfance n'ayant pas de point de repère, nous y jouions sans retenue.

Ensemble, nous ne faisions que répéter les croyances de nos parents : les uns affirmaient que le soleil n'existait pas, d'autres soutenaient que c'était une boule de feu brillante qui brûlait la peau et les légumes. Une idée aussitôt réfutée :

— Tu te vois sortir dans le sale sous une boule de feu ? Sans pluie pour l'éteindre ? Tes parents sont complètement fous !

— Je te jure qu'ils m'ont dit qu'avant c'était comme ça.

— À l'époque des dinosaures, peut-être ! D'ailleurs, on m'a dit que c'était à cause de la boule de feu que les dinosaures avaient disparu. Jouer dans le sale ? C'est n'importe quoi ! C'est très dangereux ! Mon papa dit qu'on y attrape des maladies.

— Moi, un jour, j'ai voulu aller dans le sale avec mon grand frère…

— Et alors ?

— On a pas pu faire un mètre, on avait de la boue jusqu'aux genoux. On s'est lavés en cachette pour ne pas que ma mère nous voie.

— Vous auriez pu choper quelque chose, c'est dégueulasse.

— T'inquiète, on a bien frotté avec le savon.

Notre plus grande crainte était que la pluie cesse.

— Si elle s'arrête, c'est comme si il y avait plus d'air. On se dessécherait sur place.

— Avec la boule de feu dans le ciel, on rétrécira comme les pâtes à pain qui cuisent.

Les plus jeunes pleuraient :

— J'ai pas envie de sécher et de ressembler à pépé !

Rosalie, une fille de mon âge, était persuadée qu'un ailleurs existait. Elle avait lu des livres qui parlaient de forêts, de vallées, de promenades sans jamais mentionner ni le sale ni la pluie.

— C'est normal, lui expliquais-je doctement, ces livres ne parlent pas non plus de l'air que nous respirons. Et puis, ces livres de princesses et de fées se passent dans des mondes imaginaires.

— Peut-être, me répondait-elle doucement, mais moi, ça me fait envie. Parfois, dans mes rêves, je perçois une chaleur sur mon corps et je m'imagine allongée dans du sale qui serait dur et soyeux comme les lentilles que nous faisons pousser dans le coton.

J'avais huit ans. Je n'osais pas me moquer d'elle car j'étais son amoureux officiel.

Je me souviens d'un jour où nous étions assis sur un banc, regardant tomber la pluie au travers du carreau gris. En me serrant la main, elle me dit :

— Un jour, je partirai très loin et j'irai dans un

monde coloré. Ici, tout est gris ou vert. J'irai dans un endroit avec du rouge, du jaune, du bleu.

— Si tu trouves un arbre bleu, tu m'apporteras une feuille ? répondis-je pour la taquiner.

Elle me regarda d'un air mélancolique.

— Je te rapporterai une feuille bleue, Florin. Je te le promets. Je suis trop malheureuse ici. Je veux partir.

Du bleu. Rosalie avait beaucoup d'imagination. Comme nous tous, d'ailleurs, car nous passions nos journées enfermés dans la remise ou à l'école. Comme nous ne pouvions guère faire de sport et avoir des activités de plein air, nous adorions les loisirs créatifs : peinture, dessin, jeux de sociétés improvisés, théâtre, musique et quantité de jeux de construction. Jamais nous ne nous ennuyâmes dans cet enfer mouillé.

À treize ans, quand le soleil revint, Rosalie fut enchantée. Elle répétait à qui voulait l'entendre qu'elle avait senti sa présence depuis toute petite. Elle passa tout l'été 1968 à bronzer. À seize ans, elle quitta ses parents et le village pour s'en aller Dieu sait où. C'était stupide et trop tard : le soleil est le même partout.

J'appris plus tard qu'elle était revenue à Rambarane à vingt-cinq ans. Elle n'avait pas trouvé ailleurs ce qu'elle cherchait. Elle avait connu un homme qui avait abusé de sa jeunesse et de sa gentillesse. Nulle part elle n'avait retrouvé la solidarité du village. Le soleil ne faisait pas tout. Paradoxalement, les jours de pluie la rendaient désormais heureuse, paisiblement nostalgique. Elle devint la maîtresse du maréchal-ferrant.

Bien des années plus tard, je me trouvais en Tasmanie, au sud de l'Australie, pour une mission de repérage dont je ne vais pas parler ce soir (en lien avec un célèbre navire battant pavillon arc-en-ciel). Là, je découvris un champ de gommiers bleus, des eucalyptus communs. Instantanément, le sourire de Rosalie et sa promesse me revinrent en tête (les souvenirs d'avant mes treize ans sont toujours vivaces, ce sont ceux d'après qui s'effacent). Je cueillis quelques feuilles, les rangeai dans mon portefeuille et me promis de la retrouver pour les lui offrir.

Les péripéties de la vie firent que je mis plusieurs années à revenir au pays. Je ne retrouvai Rambarane avec mes feuilles bleues séchées qu'en 1988. J'appris que la pauvre Rosalie était décédée quelques années auparavant d'un trop-plein de quelque chose. Sans doute l'ennui. J'allai sur sa tombe pour y déposer les feuilles bleues. Je me rendis compte alors que, sans la mésaventure dont je vais vous parler, Rosalie aurait très bien pu devenir ma femme.

En prononçant le mot « femme », Florin se retourna vers la photo accrochée au mur : « Emma, Colorado, 2004. » Il la fixa d'un étrange regard pendant un long moment. Nous n'osions l'interrompre. Puis il pivota vers moi.

— J'ai beaucoup parlé de moi jusqu'à présent. Hier, c'était Margaux. Et toi, Pascal ? Raconte-nous. Tu as l'air plutôt solitaire si je ne me trompe. Tu ne t'es jamais marié ?

— Nous avons rompu. Enfin : Sophie a rompu, deux semaines avant le mariage.

— Ce n'est pas banal !

Il se leva pour préparer un dernier café.

D'habitude, je préfère écouter les gens, observer le monde plutôt que parler de moi. Cela dit, je ne pouvais rien refuser à Florin. Tandis que je goûtais les premiers arômes, je lui contai mes étonnantes fiançailles.

RUE D'ULM

Mon grand-père paternel était concierge dans le VIIe arrondissement de Paris. Il occupait une modeste loge au rez-de-chaussée d'un immeuble haussmannien, avec ma grand-mère et leur fils unique : Henri, mon père.

Au premier étage habitait une gentille vieille dame qui ne sortait jamais. Mon grand-père lui apportait quotidiennement le journal, des victuailles et redescendait avec ses poubelles et son courrier. À chaque Noël, elle lui offrait une grande boîte de chocolats, un luxe pour l'époque. Ce n'est que le jour de son arrestation que l'on apprit que cette dame régentait depuis son appartement le milieu de la prostitution parisienne depuis plus de vingt ans. Cette affaire fut néanmoins étouffée par le syndic afin de ne pas déprécier l'immeuble.

Aux deuxième et troisième étages vivaient des familles sans grand intérêt dont j'ai oublié le nom.

Au quatrième, un acteur célèbre dont je tairai l'identité par pudeur. Quand une jeune inconnue bien apprêtée se présentait à la loge, mon grand-père lui indiquait directement le quatrième étage. Il la regardait monter les escaliers avec ses talons hauts avant de faire une croix sur le calendrier de la poste qui ornait le mur. L'année 1947 fut un record avec cent cinquante-neuf croix. Personne ne se plaignit jamais de ces va-et-vient, trop content d'avoir quelque chose d'intéressant à raconter lors des dîners en ville.

Au cinquième étage vivait la famille de Montgemmy dont le père était haut fonctionnaire et la mère issue de la bourgeoisie parisienne. Émilie, la fille aînée, avait le même âge que mon père.

Si mon père était admis de temps en temps à jouer chez les de Montgemmy, c'est que ses résultats scolaires étaient impressionnants. Il rafla pratiquement tous les prix d'excellence au primaire, fut reçu premier au certificat d'études et continua ses prouesses au collège.

Émilie et Henri devinrent inséparables. De dix à quatorze ans, mon père partit même en vacances d'été dans la résidence de campagne des de Montgemmy dans le Lubéron. Puis vinrent l'adolescence, les premiers baisers, les premiers émois et le cœur d'Émilie qui bat quand elle retrouve Henri au petit matin dans la cage d'escalier.

En 1951, Henri, qui avait intégré l'École normale supérieure de la rue d'Ulm, rêvait de devenir physicien et d'épouser Émilie. Mais la mère d'Émilie ne l'entendait pas de cette oreille. Sa fille se marierait, tout comme elle, avec un jeune homme de bonne famille, énarque ou polytechnicien. Le père était plus nuancé : l'ascenseur social de l'école de la République était un idéal humain à la mode qui flattait sa grandeur d'âme. Il concéda que l'École normale supérieure de la rue d'Ulm ferait d'Henri un parti honorable. Il songea secrètement à la jouissance égoïste qu'il aurait à passer pour avoir l'esprit large quand il présenterait ce jeune homme de condition modeste à ses relations. Son épouse accepta, comme toujours.

Les fiançailles devaient avoir lieu à la fin de l'année scolaire.

Émilie était une étudiante ravissante, inscrite en histoire à la Sorbonne. Autour d'elle gravitait constamment une bande de jeunes gens bien élevés, attirés par sa beauté et par son patronyme. Invitée à des rallyes et autres soirées mondaines, elle se présentait toujours accompagnée d'Henri. Ses nombreux admirateurs le considéraient comme un roturier anarchiste indigne de la main d'une Montgemmy.

Un soir, profitant d'un voyage de ses parents à Berlin, Émilie invita la bande dans le grand appartement. Après de nombreux verres, la discussion s'envenima. Les fils de bourgeois affirmaient que l'argent et l'art étaient deux valeurs universellement indissociables. Henri, lui, prétendait que seule la science était une valeur vraie : tout le reste n'était que foutaises inventées par l'homme pour masquer son ignorance et son ennui. On le traita de communiste, il cita Copernic. Poussé à bout par cette jeunesse dorée, il se leva et déclara avec force :

— Votre argent n'est rien comparé aux sciences physiques. Rien n'est supérieur.

Un jeune homme en blazer bleu, affalé sur le canapé, lui répondit dédaigneusement :

— Et le diamant ? Moi, j'affirme que rien n'est plus fort que le diamant.

Les autres s'engouffrèrent à sa suite.

— Oui ! Rien ne raye le diamant, rien ne peut le détruire. C'est bien la preuve que la richesse et le beau ne font qu'un !

Mon futur père ne dit rien. Il quitta l'appartement en titubant, alla chercher du matériel dans sa chambre et remonta quelques minutes plus tard.

— Émilie, peux-tu me prêter un diamant ? Je vais convaincre ces doux rêveurs.

Émilie, grisée par le vin et l'ambiance électrique, se rendit dans la chambre de ses parents. Elle revint avec un solitaire orné d'un énorme diamant de 1,54 carat.

— C'est un bijou de famille du côté de ma

mère. Mon arrière-grand-père l'a offert à mon arrière-grand-mère le jour de leurs fiançailles.

Le silence succéda au tumulte. Tout le monde se regroupa autour de la merveille.

Henri rompit le charme.

— Ma chérie, passe-moi ce diamant.

Il déboucha avec précaution une bouteille d'oxygène liquide à – 180 °C. Il en versa dans un bécher, prit son briquet et, à l'aide d'une pince, chauffa le diamant pendant quelques secondes.

— Regardez bien ce diamant que vous mettez au-dessus de tout ! Vous allez voir que ce n'est qu'un vulgaire bout de carbone qui brûle aussi bien qu'une feuille de papier.

Avant que quiconque ait pu réagir, il plongea le diamant chaud dans l'oxygène liquide. Aussitôt une lueur rougeâtre apparut dans la vapeur blanche et le diamant se consuma en quelques secondes.

— Carbone plus oxygène ça donne du vulgaire gaz carbonique. Allez-y, les gars, shootez-vous à ce gaz carbonique en vous disant que c'est de la vapeur de diamant ! Sniffez ! C'est un plaisir de riches, vous le méritez bien !

Un silence pesant se fit entendre. Comprenant ce qui venait d'avoir lieu, les jeunes gens dessaoulèrent instantanément. Incrédules, ils regardèrent le bécher désormais vide.

— Putain Henri, où tu as mis le diamant ?

— Envolé, votre dieu indestructible ! Comme

quoi, j'avais raison : rien n'est supérieur à la physique ! dit mon père avec un rire sec et nerveux.

— Putain, Henri, t'as fait disparaître un diamant à un demi-million ?

Émilie, tremblante, le regarda.

— Henri, dis-moi que c'est une blague ! Où est le diamant de maman ?

Le sourire narquois d'Henri se figea. Il se rendit compte de sa bourde.

— Rends-moi ce diamant, je ne rigole plus ! cria Émilie.

Les autres faisaient cercle autour de lui.

— Je suis désolé. Le diamant a brûlé…

— Mais enfin, c'est n'importe quoi ! Un diamant ça ne brûle pas !

— Si. Dans de l'oxygène liquide. Je suis désolé.

Les garçons le chahutèrent tous en même temps.

— T'es vraiment un gros con !

— C'est toi qui vas rembourser Émilie, maintenant ?!

— Tu imagines la réaction de ses parents ?

— Tu as intérêt à réparer ta connerie, mon vieux…

Henri s'assit par terre, abasourdi. Il mesura ce qu'était un demi-million, la situation de son père, son mariage et la colère de ses futurs beaux-parents.

— Je crois que j'ai fait une connerie.

Les invités partirent rapidement. Aucun fils de bonne famille ne voulait être, de près ou de loin, associé à l'affaire. Les fiancés restèrent un instant ensemble.

— J'ai merdé.

Émilie ravala ses larmes et lui saisit les mains.

— Si ma mère me questionne, je ne dirai rien. Je n'ai pas touché au diamant. Je ne l'ai pas vu depuis des lustres. Elle pensera à un vol. Ils doivent être assurés, de toute façon.

Henri, plein de reconnaissance, l'embrassa fougueusement.

— Il vaut mieux que je rentre, je crois. Je vais planquer le matériel. Quel con, mais quel con je suis…

Émilie voulait couvrir son fiancé. Malheureusement, l'un des invités, un prétendant éconduit d'Émilie, farouche opposant à la racaille, prit un malin plaisir à le dénoncer. Il se rendit au cabinet de M. de Montgemmy et se délecta en lui racontant l'histoire dans ses moindres détails. Les thèses fumeuses de son futur gendre, sa fierté, le matériel diabolique, et son mépris affiché pour la famille, l'argent, les valeurs et la monarchie (que venait faire ici la monarchie ?).

La mère d'Émilie cria au scandale, au voleur, à la perfidie rouge et ne voulut plus entendre parler de mariage. Elle rappela, les larmes dans les yeux, l'origine de ce diamant qui avait traversé trois guerres et une révolution (elle parlait de la révolution bolchevique). Elle vivante, ce jeune sorcier communiste ne mettrait plus jamais les pieds chez elle.

Cela dit, elle ne porta pas plainte. Afin de contourner les droits de succession, le bijou n'était pas déclaré aux assurances. Le père, prêt à tout pour apaiser son épouse, abonda dans son sens et interdit à sa fille de poursuivre toute relation avec ce jeune homme.

Émilie resta enfermée plusieurs jours dans sa chambre à pleurer, espérant secrètement que ses parents reviendraient sur leur décision. M. de Montgemmy ne s'inquiéta pas plus que cela. Il avait des lettres et connaissait *La Jeune Veuve* de La Fontaine :

La perte d'un époux ne va point sans soupirs.
On fait beaucoup de bruit, et puis on se console.
Sur les ailes du temps la tristesse s'envole ;
Le temps ramène les plaisirs.
Entre la veuve d'une année
Et la veuve d'une journée
La différence est grande : on ne croirait jamais
Que ce fût la même personne.

Après avoir infligé à Henri un long discours compréhensif qu'il récita au mot près à qui voulait l'entendre parmi ses amis notables, il accepta, par amour pour sa fille, de ne pas porter plainte. En contrepartie, le jeune homme acceptait d'abandonner définitivement toute idée de mariage.

Henri ne dormit pas pendant deux jours : tiraillé entre son amour pour Émilie et les poursuites judiciaires, l'honneur familial et l'emploi de son père. Il accepta à contrecœur et fit comme tous les amoureux éconduits : il s'engagea dans l'armée pour oublier. Plus exactement, il refusa la thèse que son professeur lui proposait et ne fit pas prolonger le sursis. Il fut donc appelé. Bientôt, il navigua en qualité d'aspirant officier sur *La Paimpolaise*, tout nouveau patrouilleur à destination de la Guyane.

Là-bas, il travailla dans un laboratoire scientifique classé secret-défense. Il n'a jamais été prolixe sur ses activités. Je sais seulement qu'il travailla avec le tristement célèbre professeur brésilien Alvarez, alors jeune docteur, et qu'il continua à faire des cauchemars bien longtemps après.

Florin profita d'un blanc pour l'interrompre :

— Pourquoi « tristement célèbre » ?

— Je n'en sais pas plus. Mon père refusait d'en parler.

Au bout d'un long séjour en Guyane française, mon père quitta l'armée. Il devint professeur de sciences physiques dans un lycée de Draguignan.

En rentrant, il fit un passage éclair par Paris pour revoir Émilie. Pendant son service, il avait retourné le problème dans tous les sens et avait décidé de rembourser le diamant, dût-il pour cela reprendre ses études et devenir prix Nobel.

Hélas, comme dans les mauvaises comédies, la belle éplorée s'était déjà mariée et attendait un enfant. Désespéré, Henri jeta dans une bouche d'égout le carnet dans lequel il avait composé mille poèmes et quitta la capitale.

J'aurais bien aimé lire ses poèmes. Il n'en reste qu'un, noté sur une feuille volante, que j'ai retrouvé par hasard dans les pages des *Lettres de mon moulin*.

D'un doigt du creux de mon poignet aux lignes de ma main,
Pour lire ma vie, mon cœur, mon destin.
Dis, que vois-tu, ma douce ?
Je vois d'un coup de pouce,
Les ébauches d'un dessin,
Les contours de ta bouche,
Et tes deux petits seins…

Deux ans plus tard, mon père rencontra ma mère. À peine plus jeune que lui, c'était une jolie femme, les cheveux châtains mi-longs, les yeux noisette et avec des fossettes quand elle souriait. Coïncidence ou choix inconscient, elle ressemblait étrangement à Émilie.

Ma mère était professeur de français. C'est elle qui m'a donné très tôt le goût des livres, du papier, des idées et, plus tard, de la littérature. Ils se marièrent et je naquis sans tarder.

Les années passèrent. Ils enseignaient.

Quand j'eus dix-sept ans, il demanda sa mutation à Paris et l'obtint. Il fut affecté au lycée Victor-Duruy, dans le VIIe arrondissement, à deux rues de l'appartement où Émilie vivait avec ses deux enfants – un fils de vingt ans, une fille de seize ans – ainsi que son mari, un bureaucrate qu'elle ne voyait qu'entre deux portes.

Ils se retrouvèrent comme après une longue nuit de cauchemar. Inévitablement, ils devinrent amants. L'odeur, les gestes, les sourires, les silences : ils retrouvèrent tout cela instantanément.

Mon père se rendait chez elle pratiquement tous les jours, avant et après ses cours. C'était une seconde naissance ; enfin ils vivaient tel que le destin les avait programmés. Symbiose parfaite entre deux êtres.

Le week-end, il prétextait des recherches à la bibliothèque, un rendez-vous avec un collègue ou un vernissage dans une galerie, pour s'absenter de longues heures. Ni ma mère ni moi ne soupçonnions alors son infidélité.

Au bout d'un an, mon père vint un jour me trouver dans ma chambre et me demanda si je voulais donner des cours de français à une jeune élève de terminale. Et comment ! J'étais en hypokhâgne et nous passions autant de temps à refaire le monde à la terrasse des cafés que dans nos salles de cours. J'avais besoin d'argent.

C'est ainsi que je fis la connaissance de Sophie. Je donnais les cours dans ma chambre et, souvent, le clair-obscur ambiant conférait à cette jeune fille des allures de *Madeleine à la veilleuse* peinte par Georges de La Tour. Un autre jour, elle avait le sérieux d'une *Mademoiselle de Cabarus*. Avec le recul, je crois avoir été plus attiré par sa ressemblance avec les personnages de certains tableaux que par la personne.

Je l'interrogeais sur Baudelaire, Rimbaud et Victor Hugo. Elle, assise à mon bureau devant ses cahiers ; moi, dans son dos, allongé sur le lit, regardant sa nuque gracile et les boucles éparses de ses cheveux échappés. C'était très sensuel. J'appris à aimer sa voix sans voir son visage. Nous discutions du sens des poèmes. Auréolé de mon prestige de khâgneux, je lui racontais mes discussions sans fin au Quartier latin. Elle adorait. Parfois, elle se retournait pour rire, puis, honteuse, revenait rapidement à son travail.

J'ai été tenté à plusieurs reprises de m'approcher, mais j'entendais vaquer mes parents de l'autre côté de la cloison, dans le salon. Je craignais que le temps d'un baiser volé ne crée un silence par trop assourdissant dans ce petit appartement.

Puis, curieusement, comme s'il avait deviné

mes intentions, mon père prit l'habitude d'emmener ma mère au marché pendant les leçons. Nous étions alors seuls dans l'appartement. J'y vis de la confiance. Je compris bien plus tard que ce n'était que ruse.

L'inévitable se produisit : un matin, tandis qu'elle me récitait la rhétorique chez Homère, je m'approchai d'elle par-derrière et j'embrassai doucement sa nuque. Après une seconde d'hésitation, elle reprit sa leçon, je m'enhardis.

J'allais la chercher à la sortie de son lycée. Nous nous promenions aux Invalides, main dans la main. De temps en temps, je lui arrachais un baiser. C'était le temps des amours innocentes.

Cette année-là, elle eut son baccalauréat. Quant à moi, je fus admis à l'École normale supérieure, dans les pas de mon père.

Notre histoire dura quatre ans, jusqu'à la veille de notre mariage. Aux premiers mois romantiques succéda une tendresse poussive. Souvent, je préférais rester dans ma chambre d'étudiant à me délecter de la lecture de Spinoza plutôt que de sortir avec elle. Je compris l'effrayante vérité : je pouvais me passer des femmes. Pas des livres.

Pendant toutes ces années, aveuglés par notre inexpérience, nous ne vîmes pas la main invisible qui guidait notre jeune couple sur le chemin du mariage. Un indice aurait dû nous mettre sur la voie le jour où nous dînâmes au Terminus du Châtelet, près du théâtre.

Cela faisait deux ans que nous nous fréquentions et nous décidâmes d'organiser la rencontre des parents. Nous n'étions pas rassurés : ceux de Sophie venaient de la haute bourgeoisie parisienne tandis que les miens étaient des enseignants ordinaires.

Le repas eut lieu dans cet ancien restaurant du 1er arrondissement où la famille de Montgemmy avait ses habitudes. Henri et Émilie étaient assis côte à côte. Au moment des présentations, personne ne s'aperçut qu'ils se connaissaient et encore moins qu'ils étaient amants. La conversation tourna plaisamment autour des mérites comparés de la vie parisienne et de la vie provinciale. Émilie s'émerveilla des us et coutumes de Draguignan, ma mère feignit d'admirer la vie culturelle de la capitale.

Sur le chemin de retour, Sophie me demanda :

— J'ai l'impression que ma mère et ton père se connaissent.

— Je ne pense pas.

— Je ne sais pas. C'est comme une intuition.

— Je n'ai rien remarqué.

— Un truc m'a paru bizarre : lors des présentations, effectivement, ils n'avaient pas l'air de se connaître. Tu as remarqué qu'ils se sont vouvoyés tout le long du repas ?

— Oui.

— Or, à un moment, j'ai vu ma mère tapoter brièvement l'avant-bras de ton père et lui demander à voix basse « Peux-tu me passer le sel ? ». Jamais ma mère ne se serait permis une telle familiarité avec un inconnu.

— Mon père n'est plus un inconnu pour elle !

— Façon de parler. Elle a été élevée dans la haute. Elle ne tutoie personne à part ses enfants. Et jamais je ne l'ai vue toucher quelqu'un en public, y compris mon père !

— C'est bizarre... D'où veux-tu qu'ils se connaissent ?

— Je ne sais pas.

Nous prîmes le métro et la conversation s'arrêta là.

Deux ans après cette anecdote, en 1981, la date du mariage fut fixée. Ce serait en juillet. C'était un mariage de raison. Nos parents jugeaient plus convenable d'officialiser notre relation avant que nous n'emménagions ensemble. Pour ma part, j'attachais à cette question peu d'intérêt : j'étais en pleine étude du bonheur selon Alain. Si statut social je devais avoir, autant le faire au plus tôt. J'avais adopté les paroles de Brassens (que Dieu ait son âme, le pauvre homme devait mourir quelques mois plus tard) : « Qu'on se pende ici, qu'on se pende ailleurs, s'il faut se pendre. »

Fin mai, Sophie partit essayer sa robe de mariée. Malheureusement, le responsable du magasin, effrayé par la récente formation de ce qu'il nommait le *gouvernement socialo-communiste*, venait de s'enfuir en Angleterre, emportant avec lui par inadvertance la clef du magasin. Ce n'est que devant la porte que Sophie découvrit son départ. L'écriteau annonçait « Fermeture temporaire dans l'attente de chercher le double des clefs chez le patron habitant la Côte d'Azur et d'embaucher un nouveau gestionnaire ». Dépitée, elle rebroussa chemin et rentra chez elle.

Dans l'entrée, elle remarqua une paire de mocassins inconnue. Doucement, elle s'avança jusqu'à entendre des murmures venant de la chambre parentale.

Un vilain pressentiment la poussa à regarder par le trou de la serrure.

Elle vit.

Mon père enlaçait tendrement sa mère dans une position post-coïtale, lui caressant le ventre. Ils souriaient, heureux.

— Tu te rends compte, ils se marient en juillet. Avec un peu de chance, elle tombera enceinte en octobre et dans un an ils auront ce fameux bébé que nous n'avons pas pu avoir.

— Émilie, tu sais bien que si tu voulais…

— Arrête, Henri, je suis trop vieille. Ce n'est pas grave, ce bébé sera quand même le fruit de notre amour. Il aura un peu de tes gènes et un peu des miens.

Il l'embrassa avec tendresse.

— Oui, ma belle. Et dès que le bébé naît, je divorce et t'épouse.

Émilie se blottit.

— Je t'aime. Je n'en peux plus d'attendre.

Sophie comprit sur-le-champ toute l'histoire. Elle vint me retrouver et me fit une scène incroyable.

— Tu imagines, ils se connaissent depuis plus de vingt ans. Ils font l'amour dans le lit de papa et comptent sur nous pour mélanger leurs putains de gènes pervers ! C'est dégueulasse.

— Mais, ma chérie…

— Je suis quoi, moi, dans l'histoire ? Une poule pondeuse ? Une mère porteuse ? Un simple jouet dans les mains de ces tarés ?

— Je ne crois pas que…

— Tais-toi, je t'en prie. Tu ne comprends jamais rien. Tu as toujours le nez dans tes bouquins. Qu'est-ce que tu sais de l'amour ? De la vie ? Rien. Tu n'es qu'un idiot comme les autres qui croit détenir la vérité parce que tu as lu. Monsieur lit des livres ! Ah, la belle affaire !

— Excuse-moi mais…

— Tu ne l'avais pas vue venir, celle-là ? Ce n'était pas dans un de tes foutus livres ? Tu le savais, que ma mère et ton père baisaient comme des lapins ? Putain, moi, ça me dégoûte ! Je te l'avais dit, le jour des présentations, qu'ils se connaissaient. Tu n'as jamais voulu me croire.

— Ce n'est pas la question, chérie.

— Arrête de m'appeler « chérie », ça m'énerve. Ce n'est pas la question ? C'est quoi la question, alors ? Est-ce que je vais me laisser engrosser pour satisfaire les pulsions de nos parents ? C'est ça, la question ? Putain, Pascal, je ne vais pas me laisser manipuler !

Je vous fais grâce de tous les noms d'oiseaux dont elle m'affubla ce jour-là. Elle ne faisait qu'exprimer sa rancœur et la déception que je lui inspirais sans doute depuis longtemps. Elle avait trouvé une excuse pour me quitter, pour fuir ce destin prémâché bien différent de ses rêves d'adolescente.

Le lendemain, elle annonça à sa famille qu'elle rompait les fiançailles.

Dans la foulée, mon père et sa mère divorcèrent et emménagèrent ensemble. En l'espace de quelques semaines, nos deux familles avaient éclaté.

Je ne revis plus jamais Sophie. Au début, mon père me donnait des nouvelles de loin en loin, jusqu'à ce que je lui explique que cela ne m'intéressait pas. Aux dernières nouvelles, elle serait mariée à un concessionnaire de berlines allemandes et vivrait du côté de Lyon.

— Sacrée histoire, lâcha Florin.

— Des amants maudits, un milieu social différent, le diamant qui fond, l'exil en Guyane, les retrouvailles vingt ans plus tard, le complot pour marier leurs enfants et concevoir un bébé qu'ils n'ont pas eu. Oui, des fois, je me dis que ça ferait un bon scénario de film.

Margaux approuva et suggéra quelques noms d'acteurs à la mode. Nous rîmes.

Florin me demanda :

— Et toi, comment as-tu vécu cette histoire ?

— Curieusement, cette rupture ne me toucha pas. Marié ou non, cela ne faisait pas grande différence. Je n'ai pas besoin de femme dans ma vie, la littérature et l'amitié sont mes compagnons. Certes, j'ai eu des aventures de-ci, de-là, il faut bien de temps en temps sacrifier aux conventions. Mais jamais rien de sérieux. Je ne suis pas fait pour cela. Remarquez, je ne me plains pas. Marié, je n'aurais jamais pu lire autant !

Ma boutade fit pouffer Margaux. Un rire exutoire, effaçant l'image d'un monde à mon image et sans amour.

Florin ne partageait pas son allégresse. Le front brusquement plissé, il fixait le sol.

— Tu as certainement raison, Pascal. Moi, il y a des femmes que j'aimerais ne jamais avoir connues.

Margaux, redevenue sérieuse, le fixa.

— C'est-à-dire ?

— Laissez-moi vous raconter l'histoire d'Adèle. Par sa faute, ma vie a basculé en 1966.

LE GARÇON QUI PARLAIT ESPAGNOL

En 1966, cela faisait dix ans que la pluie tombait continûment à Rambarane. J'avais treize ans.

En septembre, une jeune femme aux yeux jaunes, ou presque, arriva au village pour remplacer l'institutrice, désormais retraitée et seulement préoccupée par le tricot. Depuis la Seconde Guerre mondiale, où elle avait perdu son fils unique, elle tricotait des pull-overs et des chaussettes pour les jeunes soldats au front. Son horloge interne s'était arrêtée le 3 décembre 1939. Le bureau de poste recevait chaque semaine ses colis à envoyer au front. La mercière les récupérait en cachette pour remettre la laine en pelote.

Cette nouvelle institutrice s'appelait Adèle. La trentaine, pleine de vie, séduisante et persuasive. Ah… l'instinct de reproduction, quelle servitude pour l'intelligence !

Elle découvrit, incrédule, l'histoire du village et déclara à qui voulait l'entendre que toute cette pluie, ce n'était pas normal. En quelques jours, elle brisa l'harmonie de notre communauté, réveilla des souvenirs chez les anciens, déboussola les jeunes et sema le doute dans nos esprits. Astrologue et cartomancienne à ses heures, elle tira le sept de pique un soir d'affluence au bar et nous expliqua que Rambarane était sous l'emprise d'un maléfice, qu'il suffirait de trouver le coupable pour que le village, débarrassé de son mouton noir, reprenne une vie normale. Une sorte de désenvoûtement primitif. Ces belles paroles rencontrèrent un écho favorable parmi les villageois. Comme tirés d'un rêve, tous se souvinrent des vertus du soleil, du blé mûr et doré avant la moisson et du gros raisin noir pour le vin.

La suspicion s'installa.

Quelques jours plus tard, la mère d'Aurélien, pour son plus grand malheur, se confia au médecin. Son fils, qui avait treize ans comme moi et était mon ami, parlait en dormant une langue inconnue. Le médecin constata ce curieux phénomène et crut reconnaître de l'espagnol. Il alla chercher Francesca, une vieille Madrilène qui avait émigré avec ses parents avant la guerre. Dès les premiers mots du somniloque, elle confirma que l'enfant parlait bien cette langue. Chose curieuse : ni lui, ni ses parents, ni son institutrice ne pratiquaient l'espagnol. Comment l'avait-il appris ? Au fur et à mesure qu'elle écoutait Aurélien, son visage s'affaissait.

— *No, no me mates* (non, ne me tuez pas).

— *No sé nada de la chica* (je ne sais rien de la fille).

— *Se escapó en la embarcación* (elle s'est enfuie sur un bateau).

— *No quiero morir quemado vivo* (je ne veux pas mourir brûlé vif).

La vieille femme se signa et regagna en pleine nuit son logis. Dès le lendemain, elle parla.

Rapidement, la rumeur courut que cet enfant était possédé. D'histoire en histoire, il se dit qu'il parlait espagnol et latin en dormant. Qu'il récitait des messes sataniques. Qu'il était la réincarnation d'un célèbre pirate sanguinaire, immortel et maudit. Qu'il avait signé un pacte avec le grand Satan et remis le village entre ses mains. On reparla des craies volées à l'école et certainement utilisées pour tracer des pentacles sur le sol d'une sombre cave. Toutes ces rumeurs enflèrent puis convergèrent : si la pluie tombait depuis si longtemps, c'était pour laver les péchés de cet enfant.

Le médecin en appela à la raison de tout le monde. Mais Adèle répéta à qui voulait l'entendre la prophétie du sept de pique. Elle promenait ses yeux jaunes comme un encensoir et ensorcela les hommes sans trop d'effort. Pour convaincre les femmes, elle recourut à un curieux stratagème : à la récréation, elle fit sortir les enfants dans le sale. Face à l'incompréhension des mères, elle affirma que le destin était entre nos mains, que leurs enfants n'avaient pas à payer pour les meurtres d'un pirate réincarné, qu'ils avaient droit à leur part de soleil, de vie et de bonheur. En tant que mères, elles devaient le comprendre. Elle gagna la partie : un vent de révolte souffla.

Un soir, je fus réveillé par un bruit de chaînes. Je me levai et vis par la fenêtre une poignée de personnes cagoulées chargées de pics, de fourches et de torches. Parmi eux, je reconnus Adèle à ses belles formes. Comprenant qu'ils allaient incendier la maison d'Aurélien, je couru sous la pluie prévenir mon ami. Ses parents sortirent sur le pas de porte pour aller au-devant des attaquants. Ils n'eurent pas le temps de s'exprimer : deux individus les saisirent, les ligotèrent et les emmenèrent. Dans la maison, cachés derrière les rideaux, nous observâmes la scène, pétrifiés.

La porte fermée à double tour trembla sous les coups.

— Cachons-nous ! dit Aurélien, ils veulent me tuer.

— Où ? dis-je, désemparé.

Il me montra le tapis devant la cheminée.

— Là, sous la trappe, il y a une fosse où mon père stocke le vin. Moi, je monte au grenier.

Ma planque avait tout juste la bonne taille. Je me recroquevillai à l'intérieur, à quelque cinquante centimètres sous le plancher.

Les bruits redoublèrent et j'entendis la porte céder. Puis le silence. Pas de voix, pas de cris mais des murmures, des crépitements. Le feu embrasait la maison. J'étais prisonnier de ma cache, sortir me condamnait à périr dans les flammes.

Au bout de quelques minutes, j'entendis les hurlements de mon ami. Le brasier avait atteint toute la maison et, malgré la pluie incessante, la structure en bois brûlait avec rage. Caché sous la soupente, il lutta quelques instants contre la fumée, la chaleur et le feu. Puis je n'entendis plus rien. Au moment de sa mort, il ne parla pas espagnol ni latin ni aucune autre langue.

La maison s'écroula dans un vacarme assourdissant. Par chance, ma cachette me préserva de la fumée et de la chaleur. Mais je me trouvai enseveli sous des tonnes de gravats.

Personne ne pensa à me chercher ici. Mes parents signalèrent ma disparition mais, au petit matin, le village entier ne parlait que de cette folie nocturne. Les cagoules ne se dénoncèrent pas, seule Adèle fut unanimement condamnée pour cette barbarie. Comme réveillés en sursaut d'un cauchemar, le maire et le conseil la chassèrent du village. La pluie ne cessa pas, démontrant ainsi l'ineptie de ses prophéties. Rapide est la bascule de l'homme dans la folie mystique.

Je restai cinq jours dans ma cachette avant que le monticule de gravats soit déblayé. Au début, je tapai, je criai, mais je compris rapidement que ma voix était assourdie par l'amoncellement de débris. Les trois premiers jours, je bus du vin, doucement, par petites gorgées, pour m'hydrater. Je détestais ce goût nouveau, âpre et fort. L'alcool engourdissait mon être et les heures filaient sans que j'en ai réellement conscience. Progressivement, la poussière s'infiltra sous la trappe et rendit l'air irrespirable. J'ai dû sombrer dans l'inconscience à la fin du troisième jour.

Je me réveillai dans une chambre d'hôpital à Montbronas, la préfecture du département. Je me souviens très exactement du moment où j'ouvris les yeux : en face de moi, une grande fenêtre donnait sur un paysage de montagne et un ciel clair comme je n'en avais jamais vu. Je songeai aux feuilles bleues de Rosalie et me crus au paradis.

L'infirmière arriva et me sourit.

— Je suis contente que tu te réveilles, mon garçon.

— Où suis-je ?

— À l'hôpital de Montbronas. Tes parents sont à l'hôtel, nous allons les prévenir.

Je rampai jusqu'au bout de mon lit pour admirer de plus près le paysage.

— Il ne pleut pas.

— Il pleut rarement en hiver. Peut-être aurons-nous bientôt de la neige.

Curieuse réponse. Je m'abstins de poursuivre, par fatigue ou par peur de comprendre la vérité.

Au bout du lit, la lumière dessinait sur le drap un rayon blanc. Je mis la main pour voir. Ça chauffait. Un peu, pas trop. C'était une sensation intéressante.

Mes parents arrivèrent une heure après. Bizarrement, je ne ressentis rien. Je n'étais pas particulièrement content de les voir, ni triste. Seul me préoccupait cette nouvelle sensation de chaleur sur ma main.

Le médecin leur annonça qu'après dix jours de coma les conséquences étaient imprévisibles. Ils me regardèrent en silence.

Un examen avait montré des lésions à l'hémisphère droit. Le médecin et mes parents étaient inquiets. Les nombreux tests prescrits ne montrèrent aucune perte intellectuelle, motrice ou verbale. Soulagement.

— Voilà mon histoire, soupira Florin.

On ne découvrit qu'ensuite la perte de mes émotions. Ça, nous en avons déjà parlé.

Le fromage, l'histoire et le vin étaient finis.

Contrairement à la veille, nous n'étions pas d'humeur à nous enivrer.

Je contemplai Florin dans le silence de cette nuit. L'obscurité lui allait bien, dessinait autrement son visage. J'éprouvais une inexplicable sensation de quiétude. Nous étions comme des personnages de Giono. De ceux qui discutent fraternellement sur un plateau de haute Provence, avec la complicité d'Orion-fleur de carotte et la beauté poétique d'un champ de narcisses.

Alors je t'ai dit : regarde là-haut, Orion-fleur de carotte, un petit paquet d'étoiles [...]. De cet Orion-fleur de carotte, dit Bobi, je suis le propriétaire. Si je ne le dis pas, personne ne voit ; si je le dis tout le monde voit. Si je ne le dis pas je le garde. Si je le dis je le donne. Qu'est-ce qui vaut mieux ? Jourdan regarda droit devant lui sans répondre.

Le monde se trompe, dit Bobi. Vous croyez que c'est ce que vous gardez qui vous fait riche. On vous l'a dit. Moi je vous dis que c'est ce que vous donnez qui vous fait riche.

Florin était riche de ses cailloux. Et de ses histoires. Je commençais à comprendre pourquoi, à la manière de Bobi, il nous les racontait. Que ma joie demeure.

Ignorant tout de mon trouble et perdu dans ses pensées, Florin continuait de caresser son galet.

Margaux restait silencieuse. Méditait-elle sur la bêtise de l'homme, ou contemplait-elle, comme moi, ce personnage fascinant ?

Je repensai à son incroyable destin, à ces années de pluie et à ce drame obscur. J'eus soudain honte de ma jeunesse insipide d'éternel étudiant en littérature.

Il était temps de partir.

Sur le chemin du retour, nous vîmes de nombreux vers luisants briller.

J'avais la gorge nouée.

Samedi 28 juillet

Florin est extraordinaire. Il a un réel talent pour raconter les histoires. Avec Pascal, nous passons des heures à l'écouter. Je suis admirative.

Je me plais bien dans ce gîte. Je trouve ces murs en pierre réconfortants. J'aime cette odeur de bois fumé qui transpire de toutes les pièces. C'est calme. C'est serein. Le soir, avant de m'endormir, j'écoute dans mon lit. J'imagine cette vie intense à quelques mètres de moi, juste derrière le mur. Le vent, les feuilles, les insectes, les animaux : toute cette vie grouillante qui se fiche bien des hommes et de leurs soucis. On dirait une grande danse invisible et secrète. Cela me procure un délicieux vertige. J'aimerais glisser de leur côté et me fondre dans cette insouciance des choses.

S'il n'y avait pas cette histoire qui m'obsède, je pourrais être tout à fait heureuse ici.

Petit carnet, j'ai repéré pour toi une curiosité remarquable. Dans le vaisselier en chêne, il y a un drôle de service en porcelaine de Limoges (authentique, j'ai vérifié les estampilles). Les assiettes sont blanches et d'étranges animaux sont peints en bleus.

Ce sont des animaux grotesques. Un escargot à tête de taureau. Un éléphant à pattes de canard. Une girafe ailée et zébrée. Un perroquet affublé d'une face de mouton.

Tout est peint avec le plus grand sérieux, avec beaucoup de détails et sans fantaisie. Comme dans une encyclopédie naturaliste d'une autre planète.

Ces dessins sont dérangeants. Rien à voir avec les superbes créatures mythologiques, pleines de panache et de symbolique virile. Ici, aucune volonté mystique ou transcendantale. Les bêtes sont représentées au repos, sans intention grandiloquente ou héroïque.

À vrai dire (et malgré l'énormité de ces croisements), ces créatures semblent banales et bien réelles. C'est cela qui dérange.

Sur l'assiette qui représente un kangourou à forme canine, d'étranges sapins affublés de poires ornent l'arrière-plan. Sur une autre, c'est un arbuste sur lequel poussent d'énormes marguerites. Quelle étrange flore.

J'aimerais bien connaître le créateur de cette bizarre fantaisie.

L'estampille n'indique pas la manufacture fabriquant ces assiettes. Le seul nom que j'ai est un sac de grain dessiné sur lequel est inscrit « Samaritano ». *Maigre indice…*

Petit carnet, je vais me coucher. Donne-moi la force d'appeler papa demain.

LE LAPIN AUX OLIVES

Le lendemain matin, Margaux était inquiète.

J'allai au village acheter le journal. Personne n'y parlait d'un homme éborgné par une jeune fille, maintenant en fuite.

Elle voulut téléphoner à son père.

— Papa, comment vas-tu ?

— ...

— Tant mieux. Ici, tout va pour le mieux. Je vais bien, ne t'en fais pas.

— ...

— Sans doute quelques jours avant la rentrée à la fac. Je reste ici en attendant.

— ...

— Papa ?

— ...

— Personne n'est venu me voir à la maison ?

— ...

— D'accord. Je te rappelle pour mon anniversaire. À bientôt.

Elle raccrocha, visiblement contrariée. Je lui mis la main sur l'épaule.

— Alors ?

— Personne n'est passé voir mon père. Je ne comprends pas…

Je la rassurai de mon mieux :

— S'il avait voulu porter plainte, il l'aurait déjà fait. Ne t'inquiète pas.

Margaux haussa les épaules. Quelque chose clochait.

Nous nous installâmes sur le canapé du salon. Je changeai de sujet.

— As-tu écrit ces derniers jours ?

— Seulement quelques poèmes.

— Tu me les lis ?

— Je ne sais pas. Je n'avais pas le moral quand je les ai écrits.

— Comment écrire de la poésie si l'on n'est pas contrarié ?

Elle monta chercher son ordinateur et me lut deux poèmes.

PREMIÈRE SOLITUDE

Pour que les jours s'étirent
Au lit de l'élégance
Et que les nuits se dansent
Au bois des souvenirs.

SECONDE SOLITUDE

C'est un matin d'algide,
Aux heures insipides,
Où j'erre en Danaïde,
Là, dans la maison vide.

En tant que professeur de littérature, je ne juge jamais une poésie. Contrairement à mes collègues, je me refuse à toute analyse. L'écriture est un acte personnel. Je demande à mes élèves de réagir, d'expliquer ce qu'ils ressentent, les effets, pas la cause.

— Un jour, tu écriras un livre merveilleux, Margaux. Tu es douée.

Elle ne répondit rien et passa nerveusement sa main sur son grand front.

Quelqu'un gratta à la porte. Nous sursautâmes.

C'était Florin.

Il remarqua l'ordinateur de Margaux installé sur la table basse du salon.

— Je ne voulais pas vous déranger. Je vois que vous travaillez. Ce soir, j'ai envie d'un lapin aux olives. Cet après-midi, je descends au village en acheter un à la maison Boucharin. Cela vous dit ?

L'invitation arrivait à point nommé.

Le soir, Margaux resta une demi-heure dans la salle de bains puis descendit l'escalier vêtue d'une robe rouge qui la vieillissait de quelques années. Belle petite. Je fourrai ma pipe dans ma poche sans rien dire.

LE CHAT ROUX

— Asseyez-vous, nous allons prendre l'apéritif. Le lapin cuit doucement. Il y en a encore pour une heure.

Effectivement, une odeur de thym emplissait la cuisine. Le pot 1972 était sur la table, ouvert. Quelques cailloux traînaient au milieu des épluchures d'oignons.

— Tu as sorti de nouveaux cailloux ?

— Avec un lapin, quel vin conseilles-tu ?

— Un saint-joseph.

— Judicieux. Ce soir, je vous raconte l'histoire du cimetière. Ce n'est pas gai. Néanmoins, ça ira bien avec le lapin. Allons chercher le saint-joseph.

La cave n'était pas grande mais bien agencée. Sur la terre battue deux tonneaux dressés tenaient lieu de tables de dégustation. De chaque côté, à la verticale des voûtes, des étagères supportaient les bouteilles rangées chronologiquement. Tandis que j'humais l'odeur de salpêtre, de terre et de bois, Florin attrapa une bouteille. Arrivé en haut de l'escalier il se tourna vers Margaux :

— En voyant ton ordinateur tout à l'heure et en trifouillant les cailloux de 1986, j'ai retrouvé une anecdote. À l'époque, j'étais responsable sécurité et j'ai assisté à une réunion assommante du bureau des normes et règlements. Les gars devaient choisir les caractères officiels d'un clavier cent deux touches standard en France. La réunion dura trente-deux heures !

— Non !

— Le point d'achoppement, c'était la lettre « ù ». Il faut savoir qu'il n'y a qu'un seul mot dans la langue française qui utilise cette lettre : le mot « où ». Par rapport à la lettre « ê », c'est ridicule. Mais certains tenaient absolument à voir le « ù » présent sur tous les claviers français.

— Pour quelle raison ?

— Je ne sais pas. Peut-être le Cercle des amateurs du « ù » ? dit-il en ouvrant le saint-joseph pour l'aérer.

— Et alors ?

— Alors, la réunion s'est envenimée. Une vraie lutte idéologique. Incroyable comment les gens peuvent se passionner pour ce genre de question. J'étais dans mon coin, atterré, épuisé par ces heures de débats interminables. Je les regardais s'animer, s'agiter, transpirer, défendre leur bout de gras comme si l'avenir de l'humanité en dépendait. Nous avons pris trois plateaux-repas et bu un nombre incalculable de cafés jusqu'à ce que les partisans du « ê » et du « ë » jettent l'éponge. Tu constateras que les claviers français ont désormais tous la lettre « ù » uniquement destinée au mot « où ». Et pas de trace du « ê ».

— C'est ridicule.

— Oui. Le plus drôle fut l'attitude du camp du « ù ». Dans les mois qui suivirent cette décision, ils raflèrent tous les postes clefs de la boîte et une chasse aux sorcières commença. Quand je quittai le service un an plus tard, tous les adeptes du « ê » ou du « ë » avaient été soit mutés, soit remerciés.

— J'ai connu des causes idéologiques plus pertinentes que celle-ci.

— Les hommes ont le nez dans leurs causes. Ils ne perçoivent plus la vanité de leurs tourments. Les causes idéologiques sont pour moi un grand mystère.

Il avait raconté cette histoire avec le plus grand sérieux, comme si l'absurdité de la situation ne le touchait pas. Impossible de distinguer le pince-sans-rire du sage.

Silencieux, nous mangeâmes le lapin en prenant bien soin de mastiquer pour éviter les petits os. J'étais content de mon choix, le saint-joseph avait une jolie couleur rubis et avait de la cuisse. Il accompagnait divinement le pain de campagne trempé dans la sauce. Dans ces moments, le silence est le meilleur des compagnons.

Je me sentais en sécurité face à Florin : rien de mauvais ne pouvait m'arriver. Son visage massif et placide était un rempart contre les aléas quotidiens et les sautes d'humeur. J'étais comme un gosse à qui on a promis une histoire, invincible.

Il saisit une poignée de cailloux et ferma les yeux.

— Je vais vous raconter mon expérience d'homme à tout faire d'un cimetière. Mon premier job. C'est à cette époque que j'ai le plus appris sur la nature humaine. Depuis, je me considère comme un ontologiste défaitiste. Prends ta Dublin et bourre-la. Tu vas en avoir besoin.

Puis à Margaux :

— Toi, ma grande, certains détails vont sûrement te choquer. Dis-toi que les hommes sont ainsi. Le savoir t'évitera bien des désillusions.

Intrigué, je bourrai ma pipe et l'allumai. Il fit de même, prit le temps de tirer dessus deux ou trois fois, attendit qu'une volute bleue s'accroche à l'ampoule et commença.

En 1968, quand la pluie s'arrêta de tomber, les hommes reprirent le chemin du cimetière. La situation était pire que celle rapportée par ceux qui s'y étaient risqués en 1957. Les caveaux s'étaient progressivement remplis d'eau. Les cercueils se mirent à flotter puis à toucher la tombale. Avec le temps, la pression fissura la semelle et le soubassement. Les stèles se brisèrent les unes après les autres. Les cercueils remontèrent à la surface, exposant de nouveau les morts à la lumière du jour. Le vent, la pluie et les insectes attaquèrent les planches. Certains bois, déjà vieux, ne résistèrent pas longtemps. Les squelettes s'écrasèrent sur le sol boueux, des cadavres déjà décomposés baignèrent dans les immenses flaques au grand bonheur des insectes nécrophages : principalement des asticots, des mouches et des coléoptères nécrophores.

En 1968, les cinq ou six hommes qui firent l'expédition découvrirent des tombes éventrées qui vomissaient de la boue mélangée à des ossements et à des fragments de bois recouverts de moisissures vertes. Du Jérôme Bosch. L'horreur.

Ils interdirent aussitôt l'accès au cimetière et retournèrent au village faire leur rapport.

Le conseil municipal décida de construire un nouveau cimetière, de l'autre côté du village, sur le versant sud. L'ancien serait nettoyé l'été prochain afin que le soleil ait le temps de sécher l'horrible marécage.

À l'été 1969, j'avais seize ans et ma nouvelle aptitude à ne m'émouvoir de rien m'incita à participer à cette opération de nettoyage. Je lorgnais la prime promise aux volontaires. Autant vous dire qu'ils ne couraient pas les rues : nous ne fûmes que cinq à accepter ce travail.

Dès le début, nous avions perdu tout espoir d'identifier quoi que ce soit ni qui que ce soit. Aussi, notre mission consistait à séparer en trois tas distincts le bois, le marbre et les os. Les caveaux furent remblayés avec de la terre, des fragments de plaque, des restes d'ornement et des vases ébréchés.

Un matin de septembre, un camion emporta à la déchetterie les morceaux de marbre restant tandis qu'un autre chargea les ossements pour les reverser dans le nouveau cimetière où une fosse commune avait été creusée. On érigea une stèle portant les noms des personnes enfouies, à la façon des monuments aux morts de la Grande Guerre.

Trimballer des ossements toute la journée ne m'affectait pas. En revanche, ce travail me permit de m'acheter ma première moto, une Triumph Bonneville T120 d'occasion datant de 1965. J'étais satisfait.

À dix-huit ans, mon bac en poche, je quittai la maison familiale pour découvrir le monde. Avec ma moto, je traversai quasiment toute la France, sautant de village en village pour humer l'ambiance et connaître le pays.

Le moteur de ma « Bonnie » rendit l'âme à Longibrelle, une sous-préfecture de deux cent mille habitants : une grosse ville pour moi qui venais de Rambarane. Je n'avais plus un sou pour la faire réparer et dus chercher du travail sur place. Fort de ma seule expérience de déblayeur de cimetière, je fus engagé par les pompes funèbres de la ville comme homme à tout faire.

Cette petite entreprise municipale gérait le cimetière, le tout nouveau crématorium, le funérarium et une boutique attenante. Son équipe était divisée en deux.

Tout d'abord, il y avait le personnel en contact avec les clients : Nadia la commerciale (toujours habillée très classe et très sobre), Sylvie (la patronne sans âge, trapue et besogneuse, que l'on voyait rarement mais qui menait d'une main de fer cette petite entreprise), Émilie (une jeune vendeuse sans trop de jugeote mais qui avait de l'ambition), René (le mari de la patronne, qui s'occupait des commandes, de la logistique et parfois d'Émilie dans l'entrepôt) et un comptable insignifiant dont j'ai oublié le prénom.

De l'autre côté, confinée dans le baraquement ouvrier du cimetière, une vraie équipe de cinglés.

« Le Jaune », jardinier, s'occupait des espaces verts du cimetière et du crématorium. Toujours sale, gros, transpirant, le cheveu rare et le teint bistre à force de boire des anisettes et de fumer des sans-filtre : un véritable pervers. Je n'ai jamais vu une femme qui puisse soutenir son regard plus de deux secondes.

« La Dent », ainsi nommé à cause de son unique dent, comptait vingt ans de Légion, cinq ans d'hôpital psychiatrique. Il était gardien du cimetière depuis dix ans.

« L'Ange », c'était le fossoyeur qui creusait les trous, les rebouchait et faisait les joints des tombes. Il travaillait exclusivement à la pelle américaine pliante. Excellent ouvrier, mais un des plus grands tarés que j'aie jamais rencontré. Il n'avait absolument aucun tabou. Il était le chef de cette folle équipe.

« Charlie », un jeune de mon âge, ne parlait jamais. Les autres l'appelaient ainsi en hommage aux films muets de Chaplin. Sec, nerveux, il était rusé comme dix hommes. Comme il présentait bien, c'était lui qui assistait aux cérémonies, portait le cercueil et assurait la permanence des veillées funèbres. Il proposa même une charmante pratique lors de la cérémonie : que chaque petit enfant dépose une bougie allumée sur le cercueil. De quoi arracher une larme au plus insensible des participants.

Lors de mon premier jour, le Jaune me fit visiter le cimetière. Il s'attarda devant la tombe d'un certain Joseph L. (1943-1970).

— C'est lui que tu remplaces. C'était un bon petit gars qui travaillait en duo avec Charlie, mais il avait la langue trop pendue.

De retour au baraquement, ils m'attendaient tous.

La Dent était assis à la table en formica et tenait dans ses bras un chat roux famélique qu'il caressait. L'Ange et Charlie se tenaient debout derrière lui.

Il demanda :

— Tu lui as montré la tombe ?

— Oui.

Aussitôt, la Dent sortit une lame de nulle part et trancha la gorge du chat avant qu'il n'ait le temps de miauler une dernière fois. Cela dura deux secondes. La table en formica fut immédiatement maculée de sang. Il relâcha le corps mou de la pauvre bête qui tomba dans un bruit sourd.

La Dent me regarda fixement et dit d'une voix artificiellement féminine :

— Ce chat a eu un accident. Il a dû désobéir à son papa.

Mon visage impassible les rassura. Je m'entendis dire :

— Joseph avait la langue trop pendue.

Après un silence pendant lequel je sentis qu'ils me jaugeaient, l'Ange s'avança vers moi et me tendit un verre.

— Maintenant que les choses sont dites, bienvenue dans l'équipe. On compte sur toi, petit.

Et nous trinquâmes dans des verres sales, sans même prendre le soin de nettoyer la table ensanglantée.

Je vécus avec eux deux longues années pendant lesquelles j'appris beaucoup de choses. Je les en remercie.

LE CADEAU DE L'ANGE

Je pris mon poste avec Charlie. Il fallait absolument que nous soyons invisibles des familles endeuillées, que nous ne leur offrions aucune aspérité qui donnerait prise à leur colère et leur tristesse. Cela me convenait.

Nous étions les deux hommes en noir qui restent dans le coin de la chapelle, portent le cercueil et le font descendre dans son ultime demeure. Cette dernière tâche est un travail physique qui demande une grande minutie. Le cercueil doit rester horizontal et ne pas heurter les parois du caveau, sinon la famille râle et profite de cet incident pour vous reprocher jusqu'à la vie dissolue du défunt.

Charlie avait un don d'observation incroyable. Une fois la mise en terre terminée, il était capable de raconter l'histoire du défunt, la cause de sa mort, l'importance de l'héritage qu'il laissait ou le nombre d'anciennes maîtresses venues pleurer une dernière fois leur amant. Quand un corps est mis en bière, on enterre surtout des secrets inavouables, des anecdotes savoureuses, des drames personnels, des passions fugaces, bref toute une vie. Depuis, quand je visite un cimetière, je ne peux m'empêcher de penser à toutes ces histoires enfouies et oubliées. Quel gâchis ! Un cimetière, c'est comme une bibliothèque remplie de vieux livres dont on aurait perdu la clef. C'est le drame d'Alexandrie dans chaque ville. D'ailleurs, en Afrique, un proverbe dit : « Quand un vieillard meurt, c'est une bibliothèque qui brûle. »

Charlie m'expliqua comment reconnaître une ancienne maîtresse pendant les cérémonies religieuses. C'est une femme bien habillée, légèrement plus jeune que le défunt, seule, debout au fond de la salle pour ne pas déranger la famille qu'elle juge plus légitime dans le malheur. Elle a longtemps hésité avant de venir, perdue entre les remords et les regrets. Elle jette des coups d'œil à droite et à gauche sans reconnaître ses pairs. Elle reste digne, se rappelle que son amant n'aimait pas la voir pleurer. Alors elle se retient sans succès. En général, après la première lecture, elle s'abandonne en silence et verse plus de larmes que quiconque dans la salle. Elle regarde la veuve avec une sincère pitié. Anciennes rivales, les voici désormais unies dans la peine. Elle aimerait d'un coup lui parler de cet homme merveilleux, devenir son amie, partager des souvenirs. Puis elle se reprend, pensant que la veuve n'apprécierait pas d'apprendre les infidélités du défunt en un tel jour. Elle se promet de venir la voir plus tard, avec des fleurs, pourquoi pas boire un thé au jasmin ?

Quand le clavecin résonne, elle s'avance bien droite afin de rendre son dernier hommage. Elle regarde fixement la boîte en bois pour se protéger de tous les regards de la famille qui se posent sur elle, se demandant qui peut bien être cette femme élégante. Elle effleure le chêne, dernière caresse, et tourne irrésistiblement la tête pour voir la veuve. Elles se retrouvent alors les yeux dans les yeux et quelque chose se passe. En une fraction de seconde, elle comprend que l'autre a compris : des milliers de mots, des milliers de sentiments s'échangent instantanément. Leur nature de femme entre en résonance et il n'est plus question d'amour, de haine, de vengeance, de jalousie : tout n'est qu'empathie et désolation. Un petit geste, un battement de cils, un demi-sourire suffisent pour présenter de sincères condoléances à la veuve. À ce moment précis, au climax de sa peine, combien elle aimerait la serrer dans ses bras ! Partager cette tristesse comme elles ont partagé cet homme. Mais d'autres attendent derrière elle, alors elle avance, laisse traîner lentement son index sur le cercueil de celui qui l'a aimée un peu. Puis la main retombe le long du manteau noir. Elle devra se trouver une nouvelle étoile, un nouveau dieu. Elle ne prendra jamais le thé avec la veuve. Dès le lendemain, cette idée lui semblera saugrenue.

Certaines familles accompagnent le mort lors de sa dernière nuit sur terre : c'est la veillée funèbre. Deux salles étaient prévues à cet effet au funérarium. Là, on voyait de tout. Des veuves éplorées, des veufs qui s'emmerdaient à cent sous de l'heure, des familles nombreuses qui pique-niquaient sans retenue, des petits-enfants excités par l'héritage, des gens qui s'endormaient, d'autres qui apportaient une télévision ou un jeu de société.

De temps en temps, faisant exception à la règle, on nous demandait de leur tenir compagnie en début de soirée. Cela les rassurait. En bon professionnel, Charlie savait mettre les gens dans sa poche. Avec quelques questions, il arrivait à les cerner et en jouait. À ceux qu'il savait partants, il proposait de sortir le rhum et l'ambiance dégénérait rapidement. Une nuit, nous avons fait une partie de poker interminable avec les deux fils d'un macchabée. Petite blinde à vingt francs. Curieuse ambiance : lumière tamisée, tapis vert dressé sur la table basse et le cercueil sur la table réfrigérée poussée dans un coin. Vers quatre heures du matin, alors qu'il était à sec, l'un des fils misa la montre en or de son père, encore au poignet du défunt. Charlie gagna la partie mais refusa la montre. Il eut raison : ne jamais subtiliser de bijoux tant que le corps est encore visible. L'Ange n'aurait pas été content.

Une autre fois, une veuve insista pour que nous restions avec elle toute la nuit. Le tarif réglementaire nous obligeait à rester jusqu'à vingt-trois heures, pas davantage. Nous lui fîmes délicatement comprendre. Elle nous fit à son tour délicatement comprendre que nous aurions intérêt à rester avec elle. Ce fut la première fois que je vis un string tomber au pied d'un cercueil. Chacun expie le deuil à sa façon. « Il aurait aimé cela », nous dit-elle le matin en se rhabillant.

Le Jaune travaillait au crématorium. Émilie collait sur l'urne choisie par la famille une étiquette avec le numéro correspondant au corps, lui récupérait les cendres et remplissait l'urne.

Le Jaune se considérait maître dans son atelier et ne finassait pas. Certains modèles étaient trop petits pour le volume de cendres recueilli : il jetait alors le surplus dans les toilettes. « Si ça se trouve, c'était un marin et il apprécierait », disait-il en plaisantant.

Parfois, au contraire, il n'y en avait pas assez. Les familles n'aiment pas avoir une urne à moitié remplie : elles ont l'impression que l'on sous-estime leur peine. C'est pourtant le cas des bébés, composés à quatre-vingt-dix pour cent d'eau : les cendres qui restent sont essentiellement celles du cercueil. Mais cette vérité il ne fallait surtout pas l'ébruiter. Le Jaune complétait alors avec les cendres du poêle à bois qu'il conservait dans une grande poubelle en métal pour ce genre de situation. Il remplissait l'urne à la cuillère à soupe et mélangeait le tout pour avoir une couleur homogène. Personne ne s'étonnait que l'urne ait toujours la contenance adéquate.

Le Jaune était aussi le jardinier du cimetière. À ce titre, il connaissait par cœur toutes les concessions. Un jour, il me montra une petite chapelle, ce genre de monument mortuaire de trois mètres carrés érigé par les riches familles en lieu et place de la traditionnelle tombe en marbre.

— Regarde là-dedans.

Je me mis sur la pointe des pieds afin de distinguer l'intérieur au travers du vitrail qui ornait la porte en fer. Je vis un autel sur lequel étaient alignés des statues de la Vierge Marie, des ex-voto et des pots de fleurs artificielles. Par terre, un mince matelas bleu.

— Il y a un matelas par terre.

— Exact. Tous les mercredis midi, il y a une jeune fille qui vient avec son fiancé pour se faire sauter.

— Ah bon ?

— Ça fait au moins un an que ça dure. Elle doit avoir seize ou dix-sept ans. Ils ne doivent pas avoir d'autre endroit pour baiser. Je les ai vus dès le premier jour. C'est le caveau de famille de la fille, elle doit piquer la clef à ses vieux. Tu te rends compte, se faire dépuceler ici !

— Moi, j'aimerais bien voir ma descendance copuler au-dessus de moi.

— C'est sûr, c'est mieux que de voir des petites vieilles qui chialent et qui sentent le poisson. Tu voudras les voir tout à l'heure ?

— C'est aujourd'hui ?

— Oui. Regarde, derrière le monument, il y a une fente grosse comme le pouce qui permet de tout voir.

— Tu es vraiment un porc, le Jaune ! Tu ne peux pas les laisser baiser tranquillement !

— C'est pas tous les jours qu'on voit des jeunettes à poil dans notre métier, alors j'en profite.

Il dit cela sur un tel ton que je me dis que, un jour ou l'autre, il y aurait du vilain dans ce caveau.

Avec son don d'observation et sa façon de questionner sans le dire les familles, Charlie était le rabatteur de la bande. Après chaque inhumation, il faisait son rapport à la Dent et à l'Ange.

— Celui-là est mort d'un AVC. Il a une prothèse à la hanche depuis deux ans.

— Une prothèse neuve c'est entre sept mille et vingt mille francs.

— J'ai un contact qui les reprend trois mille cinq cents francs.

— Ça marche, tu lui dis qu'il passe la chercher mardi.

Les cœurs artificiels se négociaient nettement plus cher en fonction de la génération et du modèle. Il fallait l'extraire avant de savoir. Plusieurs catalogues médicaux traînaient dans le bureau. L'équipe faisait les choses bien.

C'était la Dent qui s'occupait de la sale besogne. Notre mission consistait à lui laisser le corps.

Pour une intervention bénigne, nous lui donnions dix minutes. C'était le temps que nous mettions pour tamponner les formalités administratives de transport d'un cadavre sur le territoire français. Le cercueil était réouvert, les objets de valeur prélevés et le corps rhabillé (parfois même avec des habits bon marché, les costumes de marque n'étant pas revendus mais utilisés pour graisser les pattes) : tout cela en un temps record, pas vu, pas pris.

Pour les interventions plus longues, comme les prothèses, nous remplacions le corps par un mannequin lesté, du même genre que ceux des magasins de vêtements. C'est fou le nombre de cadavres en plastique qui pourrissent dans ce cimetière.

Le vrai corps était ensuite brûlé (en général le lendemain) : faire disparaître un cadavre n'est pas difficile quand on a les clefs du crématorium.

Ce cimetière, ouvert en 1816, connut plusieurs agrandissements : un premier en 1857 (le pré Joseph), puis en 1906 (la halle) et un dernier en

1951 (les anciens abattoirs). Dans le secteur historique et au pré Joseph, il y avait de très vieilles tombes, souvent des concessions perpétuelles. La Dent s'en était approprié une bonne partie sous un prête-nom.

Normalement, après dix années sans inhumation, et si la tombe n'est plus entretenue, une procédure de reprise pour état d'abandon est possible. La Dent faisait toutes les démarches administratives : recherche des descendants, envoi d'accusés de réception, etc. Quand il avait la preuve administrative d'un réel abandon, il demandait à M^e^ l'Ange (qui était notaire comme vous et moi) d'établir un acte notarié de don de concession. Le bénéficiaire était toujours M. Polycarpe Final, un notable imaginaire qui possédait à l'époque plus de la moitié des tombes du « vieux quartier », soit environ un quart des concessions totales. À la mairie, un cousin de la Dent tenait le registre des concessions. L'affaire restait en famille. Personne ne remarqua la funeste collection de ce Polycarpe Final.

Faire un trafic de concessions peut surprendre : celles-ci sont « hors commerce » et ne peuvent être vendues. Le propriétaire n'a pas de droit de propriété, seulement un droit d'usage. Aucune spéculation n'est possible sur une éventuelle fermeture du cimetière et revente du terrain. Dans ce contexte, que faire de plusieurs dizaines de concessions ? Une collection d'âmes mortes ?

C'était là tout le génie de la bande.

À deux mètres sous chaque tombe se trouvait un caveau de quatre à neuf mètres carrés. L'équipe avait creusé des galeries entre les caveaux afin de constituer un réseau de petites caves. La plupart étaient réservées au stockage des denrées volées. Les vieux cercueils avaient été remplacés par des étagères sur lesquelles on trouvait toutes sortes d'objets prêts à être revendus : des montres, des bijoux, des objets déjà échangés comme des chaînes hi-fi, des petits meubles et même des tableaux.

Deux caves adjacentes étaient réservées au Jaune qui y amenait ses copines. Je n'ai jamais été invité à ces soirées et je m'en félicite. Le Jaune était un pervers grave et les caveaux bien insonorisés.

Dans une dizaine de caves, on conservait du vin.

La Dent, ancien légionnaire, avait une passion pour le rouge. Il achetait régulièrement de bonnes bouteilles qu'il faisait vieillir sous la terre, à treize degrés. La Dent poussait la perfection jusqu'à isoler les crus en fonction de leurs appellations. Les bourgognes étaient sous le pré Joseph, alors que les vins de Bordeaux étaient sous la partie originelle du cimetière. Le visiteur, séduit par le charme de ces vieilles tombes, ne pouvait s'imaginer que sous ses pieds dormaient quelques grands crus. Il y avait le caveau « pomerol », le caveau « saint-émilion », le caveau « côtes-de-blaye », etc. Comme dans les anciennes mines de charbon, aucun plan ne superposait les galeries « du fond » avec les allées du cimetière, si bien qu'il était impossible de retrouver la tombe qui abritait le « pessac-léognan ».

Il n'existait qu'une seule entrée : le baraquement. Dans les toilettes, une trappe permettait de descendre dans un tunnel qui donnait sur le premier caveau, celui d'une religieuse. On disait alors « je vais chez la nonne » ou « je descends voir la pucelle », et l'affaire était entendue.

Juste à côté se trouvait le « bloc » : la cave où les cadavres étaient dépouillés de leurs précieuses prothèses. Le Jaune avait installé une porte posée sur deux tréteaux qui servait de table d'opération. Un tuyau d'arrosage avait été tiré depuis le baraquement pour nettoyer la table.

La bande était riche. Leur activité de pilleurs de tombes modernes était lucrative. Mais le gros de l'argent frais résultait des « commandes ».

C'était l'Ange qui avait les contacts : nous ne faisions qu'exécuter. Un jour, il venait et nous annonçait :

— J'aurais besoin d'un corps de soixante-dix kilos pour lundi. Homme ou femme. Âge indifférent.

Ou bien :

— Il me faut un corps de moins de vingt ans, de race blanche, mort il y a moins de six jours. On a ça en rayon ?

Je n'ai jamais su (et ne voulus jamais savoir) où

partaient ces corps ni quel était leur usage. Ce que je sais, c'est qu'il y avait un « marché » où les macchabées se négociaient entre quelques centaines et quelques milliers de francs, en fonction de l'âge, de la conservation du corps et de l'origine de la mort. Le record fut détenu par une jeune femme blonde magnifique qui s'était suicidée en avalant des médicaments. L'Ange rapporta trente mille francs en billets de cinq cents. Nous bûmes beaucoup ce soir-là.

À ce sujet, j'ai une dernière anecdote et je terminerai là ce récit. Je vois que la petite fronce de plus en plus les sourcils et elle a raison. Tout cela est bien malsain quand j'y repense.

Le jour où le corps de cette blonde arriva en chambre froide, j'étais de garde avec le Jaune. Il savait qu'elle était réservée mais n'arrêtait pas de la sortir du frigo pour la regarder. Il était comme hypnotisé par sa beauté. Il faut dire que le corps nu avait été parfaitement bien préparé par le thanatopracteur. Tout y était. Elle semblait dormir.

Au fil de la soirée, le Jaune devenait de plus en plus nerveux et se grattait sans arrêt l'entrejambe.

— Tu veux pas me laisser seul un quart d'heure, l'ami ? Va faire un tour à la chaufferie pour voir si tout est normal…

— Le Jaune, je ne vais pas te laisser seul avec cette fille.

— Putain, mec, allez, casse-toi, j'ai à faire.

— Je sais ce que tu as à faire, le Jaune. Et je te rappelle qu'on ne touche pas à ce corps. C'est une commande de l'Ange.

— Il n'en saura rien. Allez, juste cinq minutes… Tu peux en profiter aussi, vise-moi ce morceau, ces seins ! ça serait con… dit-il en baladant sa main sur la poitrine durcie par le froid.

C'est ce soir-là que je pris conscience de l'univers dans lequel j'évoluais. Je ne ressentais toujours aucune émotion, soit, mais j'avais encore un fond de morale et des principes. Les pulsions maladives de ce gars devenaient insupportables.

Alors qu'il ouvrait pour la trentième fois le tiroir pour voir la belle, je l'attrapai par-derrière et l'envoyai valser contre les chaises. Il tomba et se releva dans un grognement :

— Fils de pute !

Je ne lui laissai pas le temps de réagir, je lui donnai un coup de poing, son nez éclata. Il paraît qu'après cela, sa face porcine devint encore plus repoussante. Pendant qu'il maugréait assis par terre, je pris le téléphone de service et demandai à la Dent de rappliquer au plus vite.

L'Ange et la Dent arrivèrent dans la minute qui suivit. Le Jaune se défendit comme il le put contre mes accusations. L'Ange l'attrapa par le col, le souleva et le colla contre le mur.

— Putain, mec, on ne touche pas à une commande. C'est clair ?

— Oui.

— Répète !

— On ne touche pas à une commande.

Il le relâcha et lui donna l'ordre de partir.

La Dent se tourna vers moi et me glissa dans la poche un billet de cinq cents.

— Merci, petit. C'était une commande importante pour quelqu'un d'important. Fallait pas gâcher.

Ces gars-là étaient fous.

Quelques jours plus tard, j'allai voir Sylvie, la patronne. Quel rôle jouait-elle exactement ? Était-elle ou non au courant de ces trafics sordides ?

Dans les deux cas, parler m'aurait attiré des ennuis. Je lui annonçai simplement ma démission pour raison personnelle, inventai une histoire de parents malades, parlai de mon envie de me rapprocher d'eux. Je pris un air timide, humble, petit garçon. Ne pas croire que j'étais un danger.

Elle me dit que j'étais un brave garçon, apprécié de toute l'équipe et notamment de l'Ange. Elle me remercia pour mon excellent travail. (Faisait-elle référence à « la commande blonde » pour le monsieur important ?) Elle passa un coup de fil à l'Ange pour le prévenir. Je n'entendis pas ses réponses.

— Florin nous quitte aujourd'hui.

— ...

— Oui, il va retrouver ses parents. Il démissionne.

— …
— D'accord, je te l'envoie.

Elle me fit un large sourire, me serra la main et me dit :
— Bonne chance, Florin. Avant de partir, passe voir l'Ange pour lui rendre ton badge. Il m'a dit qu'il avait un cadeau pour toi.
J'acquiesçai. Mais, sitôt la porte franchie, je jetai mon badge à la poubelle et partis sans dire au revoir aux autres. J'avais vu trop de choses : les caveaux, les opérations, les commandes. Je savais trop bien quel cadeau l'Ange me réservait…
Je pris ma moto et roulai très vite et très loin. Il était temps de tourner la page. Après toutes ces aventures, j'avais besoin d'un grand bol d'air frais.

Je ne suis jamais retourné à Longibrelle. Bien des années plus tard, je suis tombé par hasard sur Charlie dans le quartier des Champs-Élysées. Nous sommes allés boire une bière. Les autres étaient morts et leurs magouilles avec. Charlie était passé à autre chose. Il était monté à Paris et avait fait les choses en grand : il en avait l'intelligence et l'immoralité. Nous sommes restés en contact et on s'est mutuellement rendu service quand le vent soufflait trop fort.

Mercredi 1er août

J'ai décidé, petit carnet : je vais suivre l'exemple de Florin. M'enfuir. Quitter cette vie dans laquelle je m'englue. Oublier les borgnes.

À mon âge, Florin avait quitté ses parents. Il était parti à l'aventure pour surmonter ses problèmes. Lui aussi était différent, lui aussi avait une plaie difficile à cicatriser. Depuis, il a vu tellement de choses et vécu tant d'expériences. Il s'en est sorti ! Je suis admirative.

Pour payer mon loyer, je travaillerai dans un bar ou dans un restaurant. Je donnerai des cours de français. Je verrai. Je n'ai pas besoin de beaucoup. Je devrais y arriver : au fond de moi, je me sens prête.

Je ne veux plus être un fardeau pour mon père. Je suis responsable de la mort de sa femme. C'est normal qu'il réagisse ainsi. Je ne peux continuer à vivre comme ça. Je me sens sale. Pas à ma place. J'ai besoin d'un nouveau départ.

Je vais partir.

Mais, même loin d'ici, pourrai-je être heureuse ? J'ai l'impression que les malheurs passés hypothèquent les bonheurs futurs. Florin, lui, peut jeter les cailloux indésirables. Il a de la chance. Mes souvenirs à moi sont des boulets qu'il faut que je traîne. La différence est énorme. Mon triste passé a une telle inertie qu'il fait de l'ombre à mon futur. Je me pose sincèrement la question : « L'homme peut-il devenir heureux quand il a été malheureux toute sa vie ? » *Tout est ancrage. Il me faut m'en défaire.*

Petit carnet, j'en arrive à cette conclusion :

Après ces vacances, je partirai.

Je vivrai sans mémoire. Un jour blanc, un jour noir.

LE RHUM VÉNÉZUÉLIEN

L'histoire du cimetière plomba l'ambiance. Les restes du lapin froid gisaient sur la table. La bouteille de saint-joseph bue, nous n'en ouvrîmes pas d'autre.

Je tirais sur ma pipe pour éviter de parler. J'étais perturbé. Parmi les milliers de livres lus, je ne trouvais aucune histoire de cet acabit. Le déficit émotionnel influence-t-il le libre-arbitre ? Plus généralement, la morale est-elle conditionnée par les émotions ? Voilà un bon sujet de réflexion que je proposerai à mes élèves pour la rentrée.

Margaux restait silencieuse. Elle jouait du bout de son couteau avec les os dans son assiette.

— Je ne vous ai pas trop choqués ? demanda finalement Florin.

— L'histoire n'est pas banale, c'est sûr, dis-je.

— Ne jamais sous-estimer le nombre de tarés qui vivent sur la planète. Et encore, ce n'était qu'un échantillon de ce que j'ai vu au cours de ma vie…

— Je sais de quoi l'homme est capable, ne t'inquiète pas. Avec ce qu'ont fait Hitler, Staline ou l'empereur byzantin Basile II…

— Qu'a-t-il fait, ce Basile ?

— Basile II défendait ses frontières contre les Bulgares autour de l'an mille. En 1014, à l'issue d'une bataille, il a fait prisonnier quinze mille soldats et leur a crevé les yeux. À cent cinquante il n'a crevé qu'un seul œil pour guider les autres sur le chemin du retour. La légende raconte que, en voyant revenir son armée aveugle, le tsar Samuel mourut d'apoplexie deux jours après.

— Quelle cruauté !

— Oui, dis-je. Paraît-il que Dieu habite chacun d'entre nous. Quand Dieu oublie une personne, voilà le résultat. Je préférais quand les dieux veillaient gaillardement sur nous du haut de l'Olympe, c'était plus fiable.

Margaux leva la tête et me sourit. Elle reconnaissait bien là son professeur de littérature et sa manie des anecdotes historiques.

Florin ouvrit la fenêtre. Un léger vent entra dans la cuisine et nous fit le plus grand bien. Nous restâmes silencieux une grosse poignée de minutes. Par la fenêtre, je vis la nuit noire et étoilée : la constellation du Bouvier faisait timidement son entrée, dessinant un grand cerf-volant lumineux. Cela me plut.

Margaux me regarda comme pour cautionner sa question, puis se tourna vers Florin :

— Gardes-tu des cailloux pour les souvenirs les plus douloureux ou les plus horribles ?

— C'est une bonne question. Le cerveau a tendance à filtrer les souvenirs. Instinctivement, il privilégie les émotions positives, donc les souvenirs heureux.

— Oui, j'ai déjà entendu ça : un mécanisme de survie.

— Pour répondre à ta question, il y a quelques cailloux que j'ai fini par jeter. Ils étaient trop pesants. Ils prenaient trop de place dans les pots. D'autres que je n'ai jamais ramassé : l'oubli est parfois salutaire. C'est sans doute pour cela que je suis encore sain d'esprit. Parmi mes anciens camarades des forces spéciales, certains ont mal vieilli. Trop de cauchemars la nuit. Cette impression que le passé forme une bulle oppressante autour de toi.

— As-tu des remords ?

— Non. Au cimetière, je n'ai été que le pantin, d'une bande organisée. J'étais jeune et influençable. Qu'aurais-je pu changer ?

Margaux opina. Florin la regarda fixement et lâcha :

— Si j'ai un regret, c'est à propos d'un écrivain.

Le mot piqua ma curiosité.

— Comment cela ?

L'homme qui ramassait des cailloux choisit une pierre plate, la serra très fort en fermant les yeux. Alors il nous raconta comment le destin de la littérature bascula un jour de 1985.

Cette année-là, Florin était officiellement chauffeur de taxi, officieusement rabatteur pour une maison close clandestine dans la région marseillaise. Il travaillait pour le bar Théodora l'Impératrice, couverture pour un bordel à l'étage dédié aux charmes de l'Amérique du Sud. Cette maison avait été ouverte avant guerre par Théodora, une immigrée colombienne qui se faisait appeler « l'Impératrice » en hommage à sa prestigieuse et autodéclarée ascendance byzantine. Elle avait débarqué en 1935 à Marseille avec quelques cousines pour y fonder bientôt cet établissement.

Les notables de la région constituèrent rapidement une clientèle fidèle et assidue. Sous l'Occupation, les soldats allemands en firent leur second état-major. Le soir, ils venaient par camions entiers boire et profiter des filles. Théodora, ravie du flot continu de clients, régentait son univers, heureuse et inconsciente du monde tragique qui l'entourait.

L'établissement comportait alors une dizaine de chambres, chacune décorée aux couleurs d'un pays sud-américain. Au rez-de-chaussée, un bar agrémenté de canapés permettait aux clients de choisir leur compagne éphémère tout en dégustant un alcool fort.

À la Libération, les filles disparurent subitement avec les Allemands. L'établissement resta à l'abandon, faute de main-d'œuvre. En 1946, la loi Marthe Richard imposa la fermeture des maisons closes et scella définitivement le destin de l'établissement. Le bar fut racheté par un couple de Marseillais qui utilisèrent l'étage comme simple appartement. Le nom et les lettres d'or au-dessus de l'entrée restèrent comme un vestige d'avant guerre. Ce n'est qu'au milieu des années 1970 que Carmen, une dame maquerelle, reprit l'affaire pour y ressusciter la maison close à l'étage.

Certains prétendaient que Carmen était une ancienne cousine qui avait débarqué avec Théodora, en 1935, expulsée d'Allemagne pour affaires de mœurs. D'autres affirmaient qu'elle venait d'arriver, fuyant le Chili de Pinochet.

Elle y installa une dizaine de jeunes filles colombiennes et argentines. Grâce à une rumeur flatteuse, l'activité redémarra.

De l'extérieur, le bar du rez-de-chaussée présentait tous les aspects d'un établissement honnête, avec ses banquettes de cuir rouge, ses tapis de cartes en feutre vert et un grand comptoir où Carmen plaisantait avec la clientèle tout en lavant les verres. Il suffisait de lui demander tout bas « des nouvelles d'Argentine » pour qu'elle vous autorise à franchir l'épais rideau bleu qui donnait sur l'escalier. À l'étage, quelques filles en petite tenue vous attendaient en lisant. Car

Carmen faisait grand cas de la littérature et souhaitait que « ses filles » soient cultivées. « Ce n'est pas parce qu'on est une putain qu'on ne doit pas avoir de conversation », répétait-elle souvent. Elle leur achetait aux puces toutes sortes de romans français ou étrangers, avec une préférence pour les écrivains latino-américains comme Pablo Neruda, Mario Vargas Llosa, Jorge Amado, Octavio Paz et Gabriel García Márquez.

Dans son taxi, quand un homme d'affaires lui demandait à demi-mot où s'amuser, Florin lui vantait les mérites de Théodora l'Impératrice. Petit à petit, il devint l'homme de la maison. Il donnait un coup de main à Carmen pour affirmer l'autorité de l'établissement, réglait les contentieux avec les clients mal embouchés et logeait à l'étage dans la plus grande chambre qu'il partageait avec Carmen.

Florin resta vague sur leur relation. Sans doute devait-il coucher avec elle à l'occasion, quand la fatigue ou la lassitude le prenait.

Un après-midi d'avril, un vieux monsieur à l'air très myope ouvrit la porte du taxi à la gare Saint-Charles.

— À l'aéroport, *por favor*.

Intrigué par ce fort accent sud-américain, Florin se retourna et reconnu le maître, vêtu d'un lourd manteau à carreaux gris bien trop chaud pour la saison.

— *Ustedes es Jorge Luis Borges ?*

— *Sí.*

Jorge Luis Borges, le monstre sacré de la littérature argentine ! Si Florin ne ramenait pas Borges au bar, Carmen ne lui adresserait plus jamais la parole.

— À quelle heure est votre avion ?

— Je décolle pour Stockholm à vingt et une heures.

— Vous avez plus de quatre heures à attendre. N'allez pas à l'aéroport si tôt, vous allez vous ennuyer. Je vous propose d'aller voir Carmen, une compatriote qui tient un bar près d'ici. Elle sera ravie de vous rencontrer, c'est une de vos plus grandes admiratrices.

Vu l'âge et la réputation de l'écrivain, Florin n'insista pas sur les autres vertus de l'établissement. Borges, sans doute intimidé par l'assurance de Florin et déjà fatigué par son trajet, acquiesça mollement.

Quand Borges entra chez Théodora, Carmen mit les clients à la porte et ferma la porte. Elle voulait jouir de son bonheur en privé. Elle installa le vieil homme dans un moelleux fauteuil en cuir élimé, lui servit un vin chilien soyeux, lui offrit un cigare Romeo y Julieta et commença à lui parler littérature en espagnol. Borges, à présent rassuré, répondit avec grâce aux questions et but le verre à petites gorgées.

Puis, Carmen appela les filles qui descendirent. À cette époque, il ne voyait plus grand-chose. Quand Dolores, une superbe Mexicaine brune, s'assit sur ses genoux, il eut un léger mouvement de recul, mais déjà sa main était retombée sur la cuisse de la fille et appréciait le velouté de sa jeune peau.

L'ambiance s'échauffait. Chacun y allait de son anecdote et Borges retira sa veste. Il était à présent tout à fait volubile. Il raconta comment il avait confondu une ancienne maîtresse avec Mme l'ambassadrice de Paris, le soir où il reçut le prix Cervantès, en 1979. Le regard courroucé de la dame quand il lui flatta la croupe lui fit comprendre sa méprise. Les filles riaient tandis que Carmen, assise tout près, buvait les paroles du génie. Maria vint avec le Polaroid. Borges signa la photo destinée à trôner derrière le comptoir. Florin suivait la scène à l'écart, occupé à jouer avec les cheveux noirs de Magdalena, sans doute bien trop jeune pour travailler ici.

Carmen alla chercher le rhum vénézuélien à la réserve. Borges le reconnu à l'odeur et leva le doigt en répétant :

— *A qué huele ?*

Carmen prit le verre dépoli et le passa sous le nez de l'écrivain. L'odeur du rhum grisait les filles. Elle coinça le petit verre entre ses seins généreux et le fit boire ainsi à Borges, par petites goulées, comme le veut la tradition à Santiago del Estero. Ahuri, désarmé face au déroulement rocambolesque de la soirée, l'écrivain nageait dans une douce somnolence.

Florin accompagna Magdalena dans la chambre chilienne (celle aux miroirs) et ne redescendit que deux heures plus tard. Toutes les filles étaient remontées, Borges s'était endormi dans le fauteuil, Carmen lisait. Il était vingt heures passées : trop tard pour l'avion.

En se réveillant le lendemain à six heures, Borges expliqua confus qu'il avait rendez-vous à Stockholm avec Olof Huvud, émissaire du comité Nobel qui souhaitait le sonder sur son éventuelle nomination. À huit heures, alors que M. Huvud l'attendait dans le hall d'un hôtel prestigieux, l'écrivain buvait encore son café chez « Théodora l'Impératrice ».

Son absence fut interprétée comme un refus. Vingt ans plus tôt, Jean-Paul Sartre avait décliné le prix, le comité ne pouvait pas se permettre un second affront. Claude Simon fut choisi le jour même comme candidat de secours.

Une fois le malentendu expliqué, le comité décida de repousser la candidature de Borges à l'année suivante. Malheureusement, l'écrivain mourut en juin.

Certes, la photo trône toujours chez Théodora l'Impératrice. Certes, le rhum du Venezuela, les seins de Carmen et le sourire hébété de Borges sont autant de preuves de la beauté du monde.

Mais l'humanité a perdu ce soir-là un grand prix Nobel.

— Ce ne sont pas des cailloux, mais des pépites, dis-je pensif.

— Oui. C'est toute ma mémoire.

— À cause de toi, Borges n'a pas eu le Nobel. C'est incroyable.

— Tu m'as demandé mon plus grand regret. Le voilà. Je suis convaincu que Borges se foutait du prix. Il était au-dessus de cela. Mais ce Nobel l'aurait sans doute fait connaître plus largement. Quel gâchis…

Margaux regardait Florin, abasourdie. Ce n'est pas tous les jours qu'on voit l'homme qui a vu Borges.

Le vent avait cessé. Les grillons chantaient leurs amours et nous prîmes le temps de respirer l'odeur de l'herbe nocturne. Je profitai de la pénombre et de la mélancolie ambiante pour conclure :

— Nous avons tous nos regrets. C'était son destin.

Samedi 11 août

Ce matin, le borgne m'a téléphoné. Je ne sais pas où ni comment il a eu mon numéro. L'appel était masqué, j'ai bêtement décroché.

C'était horrible. J'ai pleuré une bonne partie de la matinée.

Il m'a menacée de tout raconter à mon père et à la police. Il veut porter plainte contre moi. Il a perdu son œil gauche, nie m'avoir harcelée et affirme que je n'ai aucune preuve. Il m'a dit qu'il me retrouverait jusqu'au bout du monde s'il le fallait pour me faire payer. Sauf si j'étais gentille.

Je lui ai demandé ce qu'il fallait que je fasse. Il veut que je passe trois jours dans sa maison de campagne avec ses amis. Je sais trop bien pourquoi. J'ai peur. J'ai envie de vomir.

Je ne sais pas quoi faire.

Je n'en peux plus. J'ai envie de me terrer dans un petit coin et me laisser mourir.

Je sais que Pascal n'aime pas trop discuter de ça. Mais je vais devoir lui en reparler. Lui seul peut m'aider.

Pas le moral d'écrire quoi que ce soit d'autre ce soir. Pardonne-moi, petit carnet.

L'ANNIVERSAIRE DE MARGAUX

Quelques jours plus tard, nous fêtâmes les dix-huit ans de Margaux.

Le matin, elle m'avait raconté le coup de fil du borgne. J'étais désemparé. J'avais pris cette histoire trop à la légère. En voulant la rassurer, j'étais entré dans son jeu et j'avais clairement sous-estimé la gravité des faits. Il était désormais trop tard pour porter plainte. Comment expliquer au commissariat cette fuite et ce mois de silence ? Après tout, elle n'avait aucune preuve de l'agression tandis que lui avait gardé le stylo et les empreintes avec.

Nous en parlâmes à Florin. Il écouta attentivement, posa quelques questions et dit à Margaux de ne pas s'inquiéter, qu'il allait s'en occuper. Son ton assuré et son air déterminé nous rassurèrent.

Dans l'après-midi, une longue balade nous changea les idées.

Pour le soir, j'avais cuisiné une tarte aux

pommes sur laquelle il s'avéra très difficile de faire tenir dix-huit bougies. Les pommes étaient trop molles, la pâte pas assez épaisse et les bougies tombaient sans cesse – la fin du monde. Nous décidâmes alors de planter les bougies sur la baguette. Sauf que nous nous rendîmes compte, en attaquant l'entrée, que cela nous privait de pain. Florin retourna chez lui chercher un camembert dans lequel les bougies trouvèrent leurs aises. En voyant le résultat, nous éclatâmes de rire.

La soirée avait bien démarré. Pendant que les cailles cuisaient, Florin apporta le château-yquem promis. Difficile à croire, mais Margaux but ce soir-là son premier verre d'alcool. Elle adora ce vin blanc liquoreux.

— Attention à ne pas t'habituer ! Ce n'est pas du vin de table.

— C'est trop bon !

Nous trempâmes nos lèvres pour goûter. Par politesse. Mais nous savions tous deux que, à nos âges, le gosier ne supporte plus tant de sucres. Nous débouchâmes un givry, laissant Margaux profiter du sauternes.

Le vin nous égaya. Le ton n'était plus aux histoires sordides. La conversation prit un tour léger. Nous étions comme deux jeunes grands-pères avec leur petite-fille. Nous la taquinions.

— Et ton amoureux, à quoi ressemble-t-il ?

— Je n'ai pas encore d'amoureux. C'était mon

premier verre de vin, ce soir. Vous voyez, je fais les choses dans l'ordre.

— En tout cas, choisis-le bien !

— Les animaux mâles de ma classe ne m'ont pas impressionnée cette année.

— À dix-huit ans, les hommes sont encore des gamins. Vois-tu, les hommes sont comme le vin rouge, ils se bonifient en vieillissant.

Margaux nous sourit. Elle était belle. Une espérance.

— Je vous crois. Moi, j'aimerais un mari qui a la gentillesse de Pascal, le regard de Florin, la culture de Pascal, la façon de raconter les histoires de Florin... Le physique de Robert Pattinson. Et mon âge !

Florin se leva et clama théâtralement :

— Ce vin-là, mademoiselle, n'existe pas !

Une odeur nous ramena aux réalités. Les cailles brûlaient. Ces quelques morceaux de viande calcinés ajoutèrent à notre bonne humeur. Au diable, les carnivores, vive les oiseaux dans le ciel ! Margaux souffla les bougies, ce qui nous permit de manger le camembert. Puis la tarte aux pommes. Repas de fête.

Florin apporta un paquet-cadeau.

— Chic ! C'est pour moi ?

— Ce n'est pas grand-chose.

Elle déchira frénétiquement le papier.

— Un collier ! Il est magnifique. Merci !

Elle embrassa Florin. Une ancienne amante

péruvienne lui avait offert ce pendentif inca à l'effigie de Mama Quilla, la déesse de la Lune. Quand ils faisaient l'amour, cette femme à cheval sur lui entrait dans une transe tellurique. Curieusement, malgré les ondulations de son bassin, le pendentif restait immobile entre les deux seins de cette déesse réincarnée. Une aberration scientifique que Florin ne prit jamais le temps d'étudier. Un des rares souvenirs visuels gravés dans sa mémoire, *aere perennius*.

Ignorant alors tout de la valeur scientifique et érotique de ce collier, j'enchaînai illico presto.

— Moi, mon cadeau t'attend dehors.

Margaux avait terminé sa bouteille. Nous, les grands, en avions descendu deux et demie. Nous étions ronds comme le globe.

Nous sortîmes tous les trois en évitant de nous bousculer dans l'encadrement de la porte, ce soir-là très étroit.

— Où est mon cadeau ? demanda Margaux en titubant dans l'herbe.

— Là !

— Ta voiture ? Tu me donnes ta voiture ? Oh, merci Pascal…

— Non ! Pas ma voiture. Mais je t'offre des leçons de conduite. Dès demain, je t'apprends. Deux heures par jour.

— Merci, Pascal. C'est trop chou…

Elle se pendit à mon cou pour preuve de son affection et surtout pour ne pas tomber.

Florin mit la main sur le capot.

— Et pourquoi ne pas lui donner sa première leçon maintenant ?

Margaux me regarda, enthousiaste.

— Dis oui, Pascal ! Dis oui !

— Si tu veux. Installe-toi, je vais chercher les clefs.

Elle se mit au volant. Florin s'assit à l'arrière du véhicule, moi, côté passager.

— Première leçon. Dans une voiture, l'important est la ceinture de sécurité. Elle se porte en bandoulière comme les cartouchières des pistoleros mexicains, dis-je en m'efforçant d'articuler.

— Exact, approuva Florin en dodelinant de la tête. Voilà pourquoi la taille de la boîte à gants est importante. Elle doit être suffisamment grande pour ranger les deux revolvers du pistolero.

— Sans compter son poncho, son sombrero, ses bottes avec les étoiles en fer au bout qui font cling-cling quand il marche – indispensables pour asseoir la crédibilité du personnage, et ses cigares…

— Très importants aussi, les cigares !

Margaux ne réagit pas. Les yeux hagards, elle fixait le tableau de bord.

— Je fais quoi, là ? La pédale de droite, c'est pour avancer ?

— Pour avancer et pour reculer. C'est la même, dis-je.

— C'est bizarre, répondit Florin. Je n'avais jamais fait attention. C'est la même…

— Normal. Pas de panique. Il faut utiliser le boîtier de levier de vitesse en complémentarité.

Margaux rit.

— Tu veux dire le levier de vitesse ?

Complètement ivre, je bredouillai :

— Ne coupe pas ton professeur ! C'est très mal, ça, mademoiselle, de couper son professeur. Leçon numéro un, le levier de vitesse. Tu vas faire une marche arrière en braquant pour te remettre dans le droit chemin.

Margaux s'esclaffa.

— Le droit chemin ? Mais je n'ai pas fauté, mon père !

J'entendis Florin glousser à l'arrière.

— Qu'est-ce que tu racontes ? Allez, démarre. Allume les phares d'abord. Il fait noir comme dans une mine de charbon abandonnée d'Amarakaeri.

Elle tourna la clef. Le ronronnement de la voiture nous calma quelques secondes.

— Marche arrière. Tu prends le pommeau du boîtier du levier de vitesse et tu le pousses en haut à gauche.

— Comme ça ? (Un bruit horrible.)

— L'embrayage ! hurla Florin.

La voiture cala dans un grand hoquet.

Margaux redémarra. Après quelques explications confuses, elle appuya sur la pédale de gauche et enclencha la marche arrière.

— Maintenant, retire ton pied gauche de la pédale de gauche et appuie avec ton pied droit sur l'accélérateur, à droite pour reculer. Doucement.

Les pneus crissèrent et la voiture partit en trombe en marche arrière. Margaux paniqua, lâcha le volant dans un cri mais ne releva pas le pied de l'accélérateur.

Il ne faut jamais conduire ivre. C'est une de ces banalités que l'homme comprend généralement trop tard. Conduire ivre, c'est manœuvrer un superpétrolier. On envisage la lourde inertie du navire, les longues trajectoires courbes et harmonieuses, les distances de freinage qui s'étirent sur des kilomètres, alors que l'unité de temps au volant, c'est la seconde.

Effectivement, quelques secondes en marche arrière suffirent à percuter de plein fouet le mur de la maison de Florin.

Je compris que l'accident n'était pas trop grave aux gloussements progressifs émanant de ma gauche.

— Oups, fit Margaux hilare. Je n'ai pas retiré mon pied de la pédale qui fait avancer à l'envers.

— Tu n'as rien ? Florin, ça va ?

Notre camarade avait roulé entre les sièges. Il maugréa :

— Tu parles d'un professeur de conduite…

Je m'extirpai du véhicule. La voiture était complètement encastrée dans le mur.

— Je propose que l'on aille se coucher. Demain, nous aurons les idées plus claires.

— C'est la faute à la pédale qui sert à la fois à reculer et à avancer, dit Margaux à quatre pattes. Faudrait en faire deux…

Nous laissâmes Florin rentrer chez lui.

Arrivés devant notre porte, nous l'entendîmes crier :

— Et, bon anniversaire, Margaux !

FAÇON PUZZLE

Au petit matin, un souffle dans mes cheveux me réveilla.

Margaux dormait à mes côtés dans le même lit.

Un doute affreux m'envahit. Mais je fus rassuré en constatant que nous nous étions endormis tous les deux habillés et sur la couverture.

Je me levai, pris une douche et préparai le café.

Margaux émergea, les cheveux en bataille.

— Je crois que je vais mourir. J'ai mal à la tête, j'ai mal au cou, j'ai mal aux reins, je suis assoiffée.

— Après l'alcool, je te présente la gueule de bois.

— Putain ! Et ça donne des courbatures comme ça ?

— Non. C'est le contrecoup de l'accident d'hier. Le choc a été plus violent que ce que l'on croit. Je suis couvert de bleus.

— Quel accident ?

Elle avait vraiment l'air mal en point.

— Va te doucher, ça ira mieux après…

Elle partit pour ne revenir qu'une demi-heure plus tard.

— C'est la dernière fois que je bois ! Tu peux me croire.

— Crois-moi, c'était peut-être ta première fois mais certainement pas ta dernière !

— Ma tête va exploser…

— Tu ne te souviens pas de l'accident, de la leçon de conduite ?

— Non. Je me souviens du repas. Du vin blanc délicieux. Des cailles brûlées. Ensuite, tout est flou.

— Viens, je te montre.

Nous sortîmes. Le soleil était déjà haut.

Ma voiture était logée dans le mur de la maison de Florin, plus exactement, dans le mur de la salle où il entreposait ses cailloux. L'impact avait été si violent que le coffre était raccourci d'un bon mètre.

— Voilà le travail, dis-je.

— C'est moi qui ai fait ça ? Avec ta voiture ?

— Oui.

— Mais je ne sais pas conduire !

— Oui, ça se voit, dis-je en souriant.

Nous entrâmes dans la maison de Florin. Mon Dieu ! Qu'avions-nous fait ?

Le coffre avait pénétré à l'intérieur et dépassait du mur en pierre. Intéressante sculpture moderne.

Avec l'impact, tous les bocaux étaient tombés. Des milliers de petits cailloux s'étaient éparpillés, mélangés au verre, au plâtre et aux pierres du mur. Florin était assis au centre, hébété. Sa mémoire gisait là, mélangée, désordonnée, souillée comme mille éclaboussures de cervelle.

Il ne leva pas les yeux vers nous. Il était loin, très loin.

Un sentiment de culpabilité m'envahit. Je ramassai un caillou à mes pieds.

— Je t'aide à les ranger ?

— C'est un morceau de mur que tu tiens dans ta main.

Ce vieux mur était effectivement composé de pierres liées au mortier. Voilà qui compliquait la tâche.

— Comment sais-tu que ce n'est pas un de tes cailloux ?

— Je ne sais pas. Une chance sur deux. Il faudrait que je trie tout ce merdier, que je sépare le verre, le plâtre et le plastique de ta bagnole. Puis que je reprenne chacun de ces petits cailloux et que je les palpe pour vérifier leur origine.

Il dit cela d'un ton neutre, dénué de colère ou de désespérance.

— Ça va prendre du temps, dis-je pour me donner une contenance.

— Sans doute un ou deux mois. Le problème,

c'est que je n'ai plus l'année des bocaux. Certaines formes sont très similaires : en fonction de l'année, je savais qu'il s'agissait de tel ou tel souvenir. Maintenant, l'exercice est beaucoup plus compliqué… Je ne sais même pas si je vais réussir à tout retrouver.

Margaux s'approcha de Florin et s'accroupit pour être à son niveau.

— Je suis sincèrement désolée. C'est ma faute. Hier soir, j'ai conduit ivre alors que je n'ai pas le permis. Voilà le résultat.

— Ne t'en fais pas, je partage les torts. C'est moi qui ai proposé à Pascal de te donner ta première leçon.

— Je n'aurai jamais dû accepter. C'est ma faute, renchéris-je.

Florin nous regarda tous les deux en souriant. Il venait de perdre ce qu'il avait de plus cher au monde : sa mémoire, sa vie. Pourtant, il restait calme. Anormalement calme.

— Savoir qui est fautif n'est plus le problème du jour. Le mal est fait, dit-il en montrant les gravats jonchant le sol. J'ai besoin d'être seul, de me concentrer, de reconstituer le puzzle de ma vie. Joli puzzle de huit mille pièces.

— Tu veux qu'on parte ? demanda Margaux.

Il ne répondit pas. D'un regard implicite, nous le laissâmes à ses fragments de mémoire. À sa vie disséminée sur le sol. Triste spectacle.

UNE AUTRE VÉRITÉ

Le lendemain, une dépanneuse vint chercher la voiture. Le garagiste promit de refaire la carrosserie sous dix jours. En attendant, nous étions bloqués dans le gîte. Le soir, nous nous aperçûmes que Florin avait disparu. Deux jours plus tard, il n'était toujours pas là. Nous étions inquiets.

Avec Margaux, nous fîmes un nombre incalculable de parties de Scrabble. Elle n'était pas bien. Pour la première fois, je gagnai en croisant « oxydante » avec « fractale » sur un mot compte triple. Plus le bonus pour avoir placé mes sept lettres.

Les jours passèrent. Elle relut pour la troisième fois le recueil de poésie d'Alfred de Musset. J'écrivis doucement ma série d'articles sur la modernité des Anciens. Nous formions un vieux couple, chacun dans son coin, mais unis dans une fausse quiétude. Nous attendions un événement inconnu en feignant de nous occuper. Mais nous n'étions pas dupes. Le futur était palpable.

La fin de l'été annonçait un dénouement. Margaux avait peur.

Un soir, assise sur le canapé, enveloppée dans une couverture mauve et sirotant une tisane, elle me reparla de la mort de sa mère.

— Des fois, je me demande si mon père ne l'a pas empoisonnée…

— Elle est morte noyée.

— Oui, d'un arrêt cardiaque. Mais imagine : comme dans ce livre où la femme met de la digitale pourpre dans les raviolis de son mari infidèle… Mes parents ne s'entendaient plus. Mon père veut se débarrasser d'elle. Il met de la digitaline dans son plat pour diminuer son rythme cardiaque. Il sait qu'au premier contact avec l'eau froide, c'est le choc thermique. Le crime parfait.

Je lui pris la main.

— Margaux. Ton père n'aurait jamais fait cela. Pour une bonne et unique raison.

— Laquelle ?

— Ton père aimait ta mère de toutes ses forces.

— Cela ne se voyait pas.

— Les choses ne sont pas toujours aussi simples. Avec ton regard d'enfant, tu n'avais pas compris la situation.

— De quoi veux-tu parler ?

Je poussai un soupir.

— Après tout, tu es grande maintenant. Tu as le droit de savoir.

— Quoi ?

— Ta mère avait une liaison depuis des années avec le professeur de sport du lycée. Avec le temps, ça s'est su. Ton père, fou amoureux, la suppliait de rester avec lui. Il était prêt à fermer les yeux sur cette relation adultère si cela évitait le divorce. En salle des profs, on se moquait gentiment de lui, on plaisantait : « Il prend la chose avec philosophie, normal. » Mais ta mère était très amoureuse du prof de sport. Lui n'était pas marié. Il faut croire qu'il se contentait de cette situation. Je n'ai jamais aimé ce type. Je reste persuadé que ta mère n'était pas la seule. Il devait s'arranger avec quelques maîtresses en ville. En tout cas, ta mère n'a pas quitté ton père à cause de toi. Elle ne voulait pas perturber ton enfance. Et puis ton père n'aurait jamais signé les papiers du divorce. Le jour de sa noyade, cela faisait bien deux ans qu'ils faisaient chambre à part.

— Je l'ignorais. Je n'ai jamais rien remarqué.

— Tu étais trop jeune et ils faisaient très attention à ce que cette histoire ne t'affecte pas. Mais cela créait des conflits. Ce n'était pas une situation très saine. Après la noyade de ta mère, ton père a fait une longue dépression. Il t'a envoyée chez ta tante pendant quelques mois.

— Oui, je m'en souviens. J'ai encore des photos de ce séjour dans une grande maison parisienne. Je me rappelle les épais rideaux rouges qui traînaient par terre. Je m'amusais à me cacher derrière.

— Ton père allait très mal. Il parlait de suicide. Il se sentait responsable de sa mort. Il s'en voulait énormément de ne pas avoir accepté le divorce plus tôt. Elle serait toujours en vie, disait-il. Bref. Un sale moment. Sur les conseils de Grimalov, un ami d'enfance, il se plongea à fond dans ce jeu vidéo. Pac-Man. Un exutoire à son malheur. C'est ça qui l'a sauvé.

— N'importe quoi ! C'est moi qui suis responsable de la mort de maman. Il me le reproche bien assez.

Je fronçai les sourcils.

— Pourquoi dis-tu cela ?

— Il m'ignore. Il me fuit. Il me fait payer cet accident. Les clefs de la voiture…

— Tu te trompes, Margaux. Ton père ne t'en veut pas du tout, bien au contraire. S'il s'isole, c'est pour noyer son chagrin et expier sa faute.

— N'importe quoi !

— Il pense exactement le contraire de toi. Pour lui, tu ne lui parles plus car tu lui reproches toujours la mort de ta mère !

— Lui ?

— Oui !

Margaux resta pensive, à cheval sur cette immense méprise.

— Tu es en train de me dire que mon père

pense qu'il est fautif et se sent coupable de son comportement envers moi ?

— Exactement.

— Et que ma mère... (elle ravala ses larmes)... avait un amant, ce qui expliquait leurs disputes ?

— Oui.

— Mais alors, moi...

Margaux regarda son passé par la fenêtre.

Elle fondit en larmes, je la pris dans mes bras. Doucement.

Elle pleura longtemps.

Puis elle commença à parler de son père.

Coïncidence ? Je crus percevoir davantage de tendresse dans ses propos.

Elle me raconta qu'il lui parlait souvent de Ken Uston, ce mathématicien génial, diplômé de Harvard, qui inventa au milieu des années 70 un système de comptage de cartes pour gagner au black-jack. Avec une bande de complices, il écuma les casinos de Las Vegas et d'Atlantic City, et amassa une fortune avant de se voir refuser l'entrée. Vexé, il intenta un procès à la très puissante *Resorts International* qu'il gagna : le comptage des cartes n'avait rien d'illégal. Il s'agissait seulement de techniques mathématiques mises à profit par des individus particulièrement intelligents et rapides. Les casinos durent s'adapter en mélangeant plus souvent les cartes et en augmentant le nombre de jeux de cartes utilisé.

En 1980, comme beaucoup de ses concitoyens, Ken Uston se passionna pour Pac-Man. Un soir où il regardait dans un bar les Chicago White Sox jouer contre les Colorado Rockies, exalté par cinq bières, il fit un pari fou : terminer les deux cent cinquante-six niveaux de Pac-Man.

Dès le lendemain, il acheta une borne d'arcade, analysa le comportement des fantômes et la structure de l'unique labyrinthe. Grâce à un esprit d'analyse hors du commun, il trouva cinq parcours génériques qui permettaient de réussir les vingt premiers tableaux, plus un sixième pour aller jusqu'au deux cent cinquante-cinquième tableau. Fort de ces modèles de parcours, il devint la star de la salle d'arcade du quartier et fut encouragé à publier cette importante découverte. Son livre *Mastering Pac-Man* fut vendu à un million sept cent mille exemplaires dans le monde. Sacré destin.

Voilà le secret des joueurs professionnels : apprendre par cœur six modèles de parcours et avoir de la patience. C'est la principale difficulté. Comment enchaîner plus de deux cent trente niveaux identiques, jouer pendant des heures d'affilée, sans se lasser, ni se laisser distraire ? Cela ne demande aucun talent. Il suffit d'être besogneux.

— Et le pire, c'est qu'il a l'air heureux quand il joue, conclut l'adolescente.

— Compare ton père à Sisyphe, et tu comprendras.

— Comment cela ?

— Sisyphe est condamné par les dieux à pousser éternellement un rocher en haut d'une colline. C'est une métaphore de la vie elle-même avec son lot de travail inutile et vain. Camus en parle dans son livre.

— D'accord. Mais quel est le lien avec Pac-Man ?

— Il est trivial. Le personnage est voué à reproduire quasi éternellement le même schéma : manger toutes les gommes, éviter les fantômes et recommencer un nouveau tableau, semblable au précédent.

— Je vois.

— À l'instar de Camus, nous pouvons imaginer Pac-Man heureux dans le déroulement de son action (le chemin) et non pas dans son accomplissement (le but). Le joueur (qui incarne le personnage virtuel) ne joue-t-il pas avant tout pour son plaisir, quel que soit son niveau ?

— Oui.

— Repense à Blaise Pascal que nous avons étudié cette année. La nécessité de se divertir pour ne point penser à la mort. Ton père joue à Pac-Man pour ne pas penser à la mort, qu'il occasionne pourtant à son avatar virtuel. C'est un bel exemple de mise en abyme, cette figure de style chère à André Gide.

— C'est doublement absurde car ce jeu ne se finit jamais.

— Comment ça ?

— Mon père m'a expliqué que le jeu plante subitement au dernier niveau. C'était vrai dans la première version de 1980 : par respect pour ce jeu mythique, toutes les nouvelles éditions ont gardé ce bug.

— Ah ! J'imagine toutes les théories que ton père a dû élaborer à ce sujet…

— Ne m'en parle pas ! Avec ce bug, il m'a fait réviser toute la notion du *telos* d'Aristote.

— Je suis curieux d'entendre sa version.

— C'est simple : le *telos* est le but intérieur que toute chose est censée poursuivre ou atteindre. Par exemple, le *telos* du gland est le chêne. Pour Aristote, le *telos* de la vie humaine est le bonheur, mais pour saint Augustin, c'est l'amour de Dieu.

— Jusque-là, je te suis.

— Le *telos* du joueur de Pac-Man (et de Pac-Man) est de terminer les deux cent cinquante-six niveaux du jeu. Or, le joueur sait que le dernier niveau est infaisable. Il continue tout de même à jouer alors qu'il sait pertinemment qu'il n'atteindra jamais le *telos*. Avoue que c'est paradoxal !

— Ton père devait conclure par une phrase du type « la connaissance du but n'est donc pas nécessaire à l'action ».

— Exactement !

Pour la première fois depuis longtemps, je la vis parler de son père avec le sourire. Cela me fit immensément plaisir.

Elle se leva pour jeter son sachet de tisane.

Nous évoquâmes ensuite Florin. Il nous manquait. Margaux en parlait avec émotion. Un homme qui avait réellement vécu tant d'aventures alors que moi, je ne faisais qu'en lire. Pourtant, de ses voyages, de ses expériences, il ne tirait nulle vanité. Nulle trace de cet égotisme qui caractérise si souvent ceux qui ont aimé des princesses.

Après ces belles journées passées ensemble à l'écouter, à boire, à discuter, nous nous sentions orphelins. Coupables aussi. L'image du sol jonché de fragments de mémoire ne nous quittait pas. J'avais gardé de cette scène un caillou ramassé par terre. Mur ou souvenir ?

Bêtement, je le conservais dans ma poche. Les souvenirs s'accrochent aux choses comme de la poussière électrostatique.

Dimanche 19 août

Petit carnet. Aujourd'hui est un grand jour. J'ai téléphoné à mon père. Nous avons parlé ensemble plus d'une demi-heure. Un record. J'ai beaucoup aimé. Je lui ai demandé comment se présentait sa compétition. Il a semblé étonné par cette question mais m'a noyée ensuite sous mille petits détails amusants. Il m'a expliqué qu'il venait de trouver un bug inédit, l'autorisant à se cacher sans être vu à partir du soixantième niveau. Paraît-il que c'est un avantage considérable pour se reposer pendant cette longue compétition ! J'ai ri et je me suis souvenue des siestes qu'il faisait, plus jeune, à l'ombre du cerisier.

Puis je lui ai dit que je savais pour maman. Que Pascal m'avait raconté. Il a semblé embarrassé. Alors je lui ai tout dit. Mes doutes, ma version. Il a été très surpris. Il m'a rassurée. Il a su trouver les bons mots. Jamais je n'aurais imaginé autant de sensibilité venant de lui. J'étais vraiment émue. Je crois même que j'ai pleuré. Mais chaque larme me rapprochait de lui.

À la fin, il m'a remerciée cent fois de mon appel. J'ai hâte de rentrer pour le voir. Il part bientôt pour le Japon. J'espère que sa compétition se passera bien. Sans doute qu'en tête à tête nous pourrons échanger encore plus longuement. Je sais qu'il sera plus à l'aise. Ce coup de fil m'a fait un bien fou. Je suis ressortie vidée. Petit carnet, je me sens renaître.

Le vent revient, mon cœur palpite,
Et ma mémoire est vagabonde.
Je me souviens de joies en fuite,
Des rêveries d'un autre monde.

P.-S. : Ah, si mon esprit n'était pas tourmenté par ce pervers borgne…

EMMA

Au matin du septième jour, il était revenu. En me levant, je vis sa voiture blanche garée devant la maison.

— Margaux, viens vite, il est là !

Elle descendit les marches quatre à quatre.

Il était dans sa cuisine, à boire son café. Margaux se jeta à son cou.

— Hey ! Comment allez-vous ?

— Tu nous as fait peur ! Où étais-tu passé ?

— J'avais besoin de faire un tour. De réfléchir après l'accident.

Il plongea les yeux dans son café.

Pour rompre le silence, je sortis sa pipe en loupe d'érable de la poche de ma veste.

— Je l'ai fumée. Je te remercie. Un goût original.

Il me sourit comme s'il n'était jamais parti. Il se leva et la rangea soigneusement sur son support, à la bonne place. Ce classement méticuleux me fit repenser à Emma, la femme à l'origine de cette disposition alphabétique. Il n'avait plus jamais parlé d'elle. Il alluma sa pipe. Nous prîmes deux chaises. Margaux se remplit un verre d'eau et s'assit pour la première fois entre nous deux.

Nous restâmes ainsi sans rien dire à profiter de sa présence et à contempler les volutes féeriques. Rien ne pressait. Les choses importantes se disent lentement.

Au bout d'un temps, Florin regarda Margaux.

— Tu n'as plus rien à craindre. J'ai retrouvé ton borgne.

Surprise.

Tel un sorcier, il posa sur la table une lettre sortie de nulle part.

Margaux la lut silencieusement.

Je, soussigné Christian H., reconnais avoir brutalisé mademoiselle Margaux S. et m'engage à ne faire aucune poursuite judiciaire ni aucun acte de vengeance en dédommagement de la perte de mon œil gauche. Signé. Daté.

Je lus par-dessus son épaule.

— C'est formidable. Comment as-tu fait ?

Ses yeux vairons se plantèrent dans les miens. La même décharge électrique.

— J'ai encore quelques contacts… Tu te souviens de Charlie, du cimetière de Longibrelle ? Je suis allé le voir. Il me devait un service. Avec lui, les choses ne traînent jamais.

Margaux le serra contre elle un long moment.

— Merci. Tu ne sais pas à quel point cela me soulage.

Il lui caressa tendrement les cheveux, comme un personnage d'un livre de Steinbeck. Au bout des vingt-huit secondes il s'écarta. Je vis dans son regard quelque chose de différent. J'osai.

— Florin, as-tu pu trier tes cailloux ?

Il se leva et nous accompagna en silence dans la salle où il les rangeait.

Le mur était bâché. Les étagères avaient disparu. Plus de bocal, aucun caillou. Le sol était propre.

— Où as-tu mis tes cailloux ?

— Le premier jour, j'ai essayé de trier les cailloux.

— Oui, je m'en souviens.

— J'ai compris que je n'y arriverais jamais ou alors au bout d'un temps infini. Tout se mélangeait dans ma tête. Je palpais tous les gravats pour reconnaître un souvenir, je n'étais plus sûr de rien : certains cailloux avaient la forme de plusieurs souvenirs : une face me rappelait vaguement l'été 79, l'autre l'hiver 98. J'ai cru devenir fou. Des visages se télescopaient, des voix s'entremêlaient. Je me suis dit que tout cela était trop bête : j'étais devenu l'esclave de mes souvenirs. À quoi bon les conserver ?

— Ne me dis pas que tu as jeté tous tes cailloux, toute ta mémoire !

— Non, ils sont dans un sac, en vrac, au

garage. Je te montrerai où. Je ne renie pas mon passé, mais je ne veux pas qu'il devienne un poids mort. À vrai dire, j'ai un service à te demander.

— Oui ?

— Quand je serai mort, je veux être enterré avec mes cailloux. Ces derniers jours, je suis allé chez le notaire. J'ai donné ton nom. Vérifie que le lit sur lequel je reposerai dans mon cercueil soit fait de mes souvenirs. Ces instants ont tissé le meilleur de ma vie. Ils m'accompagneront pour l'éternité. Je veux traverser le Styx avec les femmes que j'ai aimées, les vins que j'ai bus et les amis avec qui j'ai trinqué. Souvenirs à perpétuité. Ils seront toujours là dans trois mille ans.

— Je comprends. Je le ferai. J'espère seulement que cela sera le plus tard possible…

Je fixai Florin. Il regarda la cheminée, le regard un peu vide. Quelque chose semblait cassé en lui. J'imagine que c'est l'effet ressenti quand on oublie sa vie, que l'on flotte dans le présent, sans réelle attache au passé.

— Tu ne gardes aucun souvenir ?

— Pas moins que la semaine dernière. J'ai quand même un peu de mémoire. Mais pas à long terme.

Il tira une lanière en cuir accrochée autour de son cou. Un pendentif y était accroché : un caillou.

— Voici le dernier souvenir qu'il me reste. Il

date du jour où j'ai décidé d'ignorer tous les autres. Je le porte toujours sur moi désormais. Celui-là, je ne le perdrai jamais ! Il me rappelle constamment les raisons de ma décision. Si je ne l'avais pas, je deviendrais fou, c'est certain. Il me rappelle pourquoi je n'ai pas de souvenir, pourquoi j'ai pris cette décision. Les souvenirs sont des événements passés. Je voulais être comme tous les autres. Mais à quoi bon ? Je considère désormais que j'ai une chance incroyable de pouvoir m'affranchir du passé. Je vis au jour le jour dans une grande sérénité : sans regret ni remord. Je vis ici et maintenant : les deux pieds bien au sol. J'ai mis soixante ans à comprendre cette vérité. Je suis un privilégié, crois-moi.

Être chaque jour un nouvel homme. Ici et maintenant. Margaux m'avoua par la suite son incompréhension. Trop jeune. Les fines aiguilles du temps s'enfonceront en elle plus tard. Laissons-la espérer, c'est de son âge.

Nous restâmes tous les trois pensifs.

Florin brisa le silence.

— Et vous ? Bientôt la fin des vacances ?

Je n'avais pas réalisé. Je me tournai vers Margaux.

— Oui. Mardi prochain, c'est la rentrée. Margaux commence ses cours à la fac dans un mois. Elle doit se préparer.

Margaux m'interrompit.

— Moi aussi, j'ai réfléchi ces derniers jours.

J'ai envie de rester ici, avec Florin. De prendre une année sabbatique.

— Tu vas t'ennuyer avec moi, mignonne.

— Je vais écrire un livre. Un roman avec toutes les histoires que tu nous as contées. Tes cailloux sont dans un sac. C'est ton choix et je le respecte. Mais laisse-moi retranscrire les merveilleuses choses que j'ai entendues cet été. Toutes ces histoires. C'était beau, c'était fort, c'était ta vie.

Florin garda son visage de glace. L'absence d'émotion me surprenait toujours. Il ne pensa même pas singer la joie ou la reconnaissance. Je crois qu'il fut réellement surpris par cette proposition. Tout comme moi.

— C'est une curieuse idée, Margaux. Es-tu bien sûre de vouloir rater une année de faculté ? demandai-je, paternellement.

— Oui. J'ai bien le temps pour travailler. D'abord, je dois écrire ce livre. Pour plein de raisons : je dois l'écrire. Il s'appellera *La variante chilienne*.

Florin se leva et regarda par la fenêtre. Il tira sur sa pipe. La fumée s'écrasa mollement contre le carreau.

— Moi, ça ne me dérange pas. D'avoir de la compagnie. Pourquoi pas. Tu pourras emménager dans la chambre d'amis. Je te cuisinerai du lapin. Je t'apprendrai les vins. Nous irons regarder les étoiles.

Je crois qu'il se tourna vers la fenêtre pour masquer un sourire. Un vrai.

Ainsi se terminèrent les vacances d'été.

La voiture récupérée, je rentrai seul et me rendis chez le père de Margaux pour le féliciter de sa cinquième place aux championnats du monde. Il connaissait déjà la décision de sa fille. Il devait même lui rendre visite le week-end prochain. Il me dit avoir hâte de retrouver Margaux et de connaître enfin ce fameux Florin dont elle n'arrêtait pas de parler.

Arrivé chez moi, je m'installai confortablement sur mon canapé. Ouvris un pauillac, bourrai ma pipe et choisis un roman. Faire les choses doucement et dans l'ordre.

Je bus la première gorgée et fermai les yeux. Margaux. Je pouvais compter sur elle pour écrire un livre superbe. Un livre à l'image de cet homme fascinant : un petit Poucet qui joue avec des cailloux. Une réflexion sur le temps qui passe. Elle en avait le talent.

Je repensai à cet été. Je n'avais qu'un seul regret : les cailloux disparus, je ne connaîtrais jamais l'histoire d'Emma, cette femme au regard amoureux sur la photo dans la cuisine. Qui était-elle ? Qu'entendait-il par « quand elle est partie » ?

Si elle est encore de ce monde,

Si elle apprend un jour que Florin a renoncé à

ses souvenirs, alors elle pourra citer ces vers d'Alfred de Musset :

Le temps emporte sur son aile
Et le printemps et l'hirondelle,
Et la vie et les jours perdus ;
Tout s'en va comme la fumée,
L'espérance et la renommée,
Et moi qui vous ai tant aimée,
Et toi qui ne t'en souviens plus !

FIN

LIGNES DE SUITE

Le goût d'écrire – j'en ai parlé au terme de *La fractale des raviolis* – m'est venu après des années d'histoires inventées et racontées à mes filles. J'ai longtemps cru que c'était pour le seul plaisir de narrer : la jouissance intellectuelle d'inventer des histoires originales. Après une année de rencontres avec des libraires chaleureux, des twitteurs et des blogueurs passionnés, je me rends compte d'une chose : tout tient au besoin de partager une histoire qui vous a plu. Au plaisir de conseiller un roman qui vous a touché. À la bienveillante nécessité de dire à vos lecteurs, à vos clients, à vos abonnés : « Oh, lisez ce livre, j'ai passé un merveilleux moment, vous aussi ! »

Là, je repense à Jean Giono. Dans *Que ma joie demeure*, Bobi explique subtilement la générosité du partage :

Alors je t'ai dit : regarde là-haut, Orion-fleur de carotte, un petit paquet d'étoiles [...]. De cet Orion-fleur de carotte, dit Bobi, je suis le propriétaire. Si je ne le dis pas, personne ne voit ; si je le dis tout le monde voit. Si je ne le dis pas je le garde. Si je le dis je le donne. Qu'est-ce qui vaut mieux ? Jourdan regarda droit devant lui sans répondre.

Le monde se trompe, dit Bobi. Vous croyez que c'est ce que vous gardez qui vous fait riche. On vous l'a dit. Moi je vous dis que c'est ce que vous donnez qui vous fait riche.

Avec ses cailloux, Florin est comme Bobi.

Nous sommes tous des Bobi quand nous partageons nos enthousiasmes.

Ainsi, je profite de ces quelques lignes pour remercier du fond du cœur toutes celles et tous ceux qui ont fait le succès de *La fractale des raviolis*, en partageant tout simplement le bonheur de leurs lectures. Merci Adepte du livre, Blablablamia, Bricabook, Café-Powell, Cherry Livres, Cultur'elle, D'une berge à l'autre, Dans la bibliothèque de Noukette, En lisant en voyageant, Je me livre, Keisha, L'asile d'Elisa, Lily lit, Le blog des livres qui rêvent, Le tour du nombril, Les carnets d'Eimelle, Me Darcy and I, MicMelo Littéraire, The French Book Lover, Vive la rose et le lilas, et tous les autres pour qui je n'ai pas pris le temps de ramasser un petit caillou…

PIERRE RAUFAST

DU MÊME AUTEUR

Chez Alma éditeur

LA BALEINE THÉBAÏDE, 2017.

LA VARIANTE CHILIENNE, 2015 (Folio nº 6373).

LA FRACTALE DES RAVIOLIS, 2014 (Folio nº 5990).

Composition : IGS-CP à L'Isle-d'Espagnac (16)
Achevé d'imprimer par Novoprint,
le 20 août 2017
Dépôt légal : août 2017

ISBN : 978-2-07-079344-0/Imprimé en Espagne

304446